最美不过诗经

李颜垒 著

中州古籍出版社
·郑州·

前　言

初夏的清晨，阳光明亮而柔丽地从树叶间轻盈落下，碎碎地铺满翻开的《诗经》书页里，异常美好。这种美好于心底滋长蔓延，缠绕到窗外耸立的梧桐树上。在这个夏天，梧桐这种《诗经》中就出现的古老植物，在和风中落下清凉的树荫。

年少时，觉得《诗经》就是一部爱情的诗歌，汉、溱、洧、淇之水，透彻清凉，我欲涉之；蕙、兰、芷、蘅之花，招展美丽，我欲采之。在优美繁密的诗句中穿梭，遥望先古河流两岸的男女，他们的欢笑与泪水，幸福与怨恨的爱情故事，让人动容。

《诗经》中的爱情真挚而生活化，没有伟大与高远，但那些朴实无华的句子，让人回味无穷。《关雎》中君子对窈窕淑女的热切追求，《汉广》中男子对游女的盼望与留恋，《击鼓》中流传千载的"执子之手，与子偕老"的誓言，还有《木瓜》中不分贵贱的真爱馈赠，都是凡人真实的恋情，字里行间，朴素之美尽现。

爱情之外，还有那个时代的劳作与智慧。伴随着太阳的东升西落，先民们耕种、狩猎、祭祀、男婚女嫁等，这是人类一代又一代传承下来的生活方式。《诗经》就是那个时代日常生活的真实写照。

《诗经》的言辞是一幅幅质朴淡雅的国画中最美的注脚。或是月光如水的夜晚，或是弥漫芳香的田园，或是那丛丛纤尘不染的植物，皆不失古朴的意蕴。《诗经》中的艺术形象，清纯简约，没有任何粉饰，却深深烙印在人的心里。

应该感谢《诗经》这部诗歌总集。在高楼大厦灯火通明的现代社会中，当我们开卷深读《诗经》，仿佛一下子就回到了星点零落的古代村落。穿越数千年的漫长时光，我们依然可以感触到先秦诸民的生活气息。阡陌尽头的那个古朴小村，有鸡鸣狗吠，也有男女谈情说爱的身影，如在水一方的"伊人"，逾墙的"仲子"，贻"我"彤管的"静女"。战事来了，便有了建功立业的豪情与驰骋沙场的雄姿，绵长的黑夜给思妇留下望穿秋水的悲凉，那一个个翘首盼望君归的故事在遥远的年代成为梦中的期许。

《诗经》中的男女是幸运的，他们生活在最朴素的年代。推门而出是一片舒心的原野，山川与河流让人心旷神怡。这片广阔的天地弥漫着清香，和风习习，人们采摘着果实，采摘着属于自己的快乐、忧伤与希望。生活的每一个片段都能够唱出歌来，成为歌谣，也许这就是最高境界的诗歌，不加修饰，却吟出最纯粹的旋律。于是那些手摇木铎的采诗官奔走在田野花草间，步行于美妙的大自然中，聆听纯美的歌声，执笔飞速记下每一个音符。

《诗经》这部记载着西周到春秋时期长达五百多年岁月的诗歌总集，在历史的长河中流淌而至，满载着远古意蕴，袅袅娜娜地走来。远古的和风拂过心灵，感受这穿越千年依然至美的风景，在喧嚣的世界里，涤荡出清澈的乐感。

目 录

第一章 情扉：情为何物，直教心思摇曳

那场赴汤蹈火的深情
　　——《郑风·将仲子》…………………………………… 四

小河之恋，跨越千年的美丽
　　——《郑风·溱洧》……………………………………… 一二

荷花丛中的美丽女子
　　——《郑风·山有扶苏》………………………………… 一八

梅子熟透了，来追求我吧
　　——《召南·摽有梅》…………………………………… 二四

闻君有他心，拉杂摧烧之
　　——《郑风·褰裳》……………………………………… 三〇

月光美人情
　　——《陈风·月出》……………………………………… 三六

第二章 分离：也曾惊艳了年华

岁月的长河中，你曾是我天神
　　——《郑风·叔于田》…………………………………… 四四

伊人美好不可得
　　——《秦风·蒹葭》……………………………………………五二
回首往事，内心深处念念不忘她
　　——《邶风·绿衣》……………………………………………五八
离别时刻请放手
　　——《邶风·燕燕》……………………………………………六六
黯然销魂者，首如飞蓬
　　——《卫风·伯兮》……………………………………………七二

第三章　相守：如今温柔了时光

搔首踟蹰等来爱
　　——《邶风·静女》……………………………………………八〇
时光匆匆，我这段情还能还给你
　　——《郑风·缁衣》……………………………………………八六
千山万水之后，我还在这里
　　——《周南·卷耳》……………………………………………九二
女子最美丽的时刻
　　——《周南·桃夭》……………………………………………九八
天长地久，一同老去
　　——《邶风·击鼓》……………………………………………一〇四
男耕女织度流年
　　——《豳风·七月》……………………………………………一一〇

第四章　恨意：蓦然回首，鸳鸯已白头

满身风雨的我，还能等到你吗
　　——《郑风·风雨》 .... 一一八
经年之后，佳期无约
　　——《邶风·终风》 .... 一二四
多少人辜负了最好的时光
　　——《陈风·东门之杨》 .... 一三〇
忆郎郎不至
　　——《郑风·子衿》 .... 一三六
如花美眷，不敌似水流年
　　——《卫风·氓》 .... 一四二

第五章　哲学：人生大悖论，一一上心头

偷得浮生半日闲
　　——《郑风·女曰鸡鸣》 .... 一五〇
赋予生活生动的刹那
　　——《魏风·十亩之间》 .... 一五六
淳朴邻里动情处，胡不归
　　——《邶风·式微》 .... 一六〇
生命不长，但愿活得更深
　　——《曹风·蜉蝣》 .... 一六四
静好岁月人自醉，写份情书寄思念
　　——《郑风·东门之墠》 .... 一七〇

第六章　故事：流年里，沉淀风情

倾城仙姿颜如玉
　　——《卫风·硕人》 .... 一七八

情杀"鸿门宴"：一段残缺不全的折子戏
　　——《齐风·南山》 .... 一八四

多少红尘深景，几许丑闻，几多忧恨
　　——《齐风·猗嗟》 .... 一九二

淇水旁的女诗人，强似男人
　　——《邶风·泉水》 .... 一九八

第一章

情扉：情为何物，直教心思摇曳

郑风·将仲子

将仲子兮,无逾我里,无折我树杞。岂敢爱之？畏我父母。仲可怀也,父母之言亦可畏也。

将仲子兮,无逾我墙,无折我树桑。岂敢爱之？畏我诸兄。仲可怀也,诸兄之言亦可畏也。

将仲子兮,无逾我园,无折我树檀。岂敢爱之？畏人之多言。仲可怀也,人之多言亦可畏也。

第一章 情犀：情为何物，直教心思摇曳

那场赴汤蹈火的深情
——《郑风·将仲子》

"不悔仲子逾我墙"，是金庸先生名著《倚天屠龙记》第十三回的题名，说的是灭绝师太威迫女弟子纪晓芙去杀害杨逍，纪晓芙回忆往事，回忆中的杨逍没有传闻中的恶毒，也没有想象中的风流，有的只是含情执着。

在道上遇到一个身穿白衣的中年男子，约莫有四十来岁年纪。弟子走到哪里，他便跟到哪里。弟子投客店，他也投客店，弟子打尖，他也打尖。弟子初时不去理他，后来实在瞧不过眼，便出言斥责。那人说话疯疯颠颠，弟子忍耐不住，便出剑刺他。这人身上也没兵刃，武功却是绝高，三招两式，便将我手中长剑夺了过去。我

心中惊慌，连忙逃走。那人也不追来。第二天早晨，我在店房中醒来，见我的长剑好端端地放在枕头边。我大吃一惊，出得客店时，只见那人又跟上我了。

"逾"是"越过"的意思，仲子翻墙这事是有出处的，就是《诗经·郑风》中的《将仲子》一诗：

> 将仲子兮，无逾我里，无折我树杞。岂敢爱之？畏我父母。仲可怀也，父母之言亦可畏也。
>
> 将仲子兮，无逾我墙，无折我树桑。岂敢爱之？畏我诸兄。仲可怀也，诸兄之言亦可畏也。
>
> 将仲子兮，无逾我园，无折我树檀。岂敢爱之？畏人之多言。仲可怀也，人之多言亦可畏也。

这里的"将"是"愿；请"的意思。仲子就是排行老二的男子，我们姑且把他叫作"小二哥"吧，"将仲子"意思就是请小二哥知道。让小二哥知道什么呢？小二哥啊，我求你，不要翻进我乡里，不要折我家的杞树。我哪是舍不得杞树啊？我是害怕父母。小二哥，你让我怀恋，可是父母的话，我又不能不畏惧啊。……

仔细听听吧，多么炙热的爱情啊，拼命追求心爱的姑娘的男子，半夜摸黑翻到姑娘的家里，把墙边的树木花草都折断了，还惊动了姑娘的家人邻居。

读完这首诗不由向窗外看一看，树影晃动，仿佛有一个少年翻墙而过的身影。可以想象，姑娘家人肯定以为夜来小偷翻入院，接着就是锣声四起，举火捉贼了。

我多想跑过去给人们说明白，他不是偷东西的贼，要说是贼，最多也是个偷心的贼，他在看到姑娘的第一眼时，瞬间沉醉。

第一章 情扉：情为何物，直教心思摇曳

夏日里，万物生长，树木茂盛，女子在灯下读诗的画面，有些惊艳之感，他在看到她的第一眼时，瞬间沉醉。

这位翻墙少年是《西厢记》里的洛阳书生张珙，翻墙夜会崔莺莺。夜晚，小姐莺莺在后花园弹琴，张生听到琴声，攀上墙头一看，是莺莺在弹琴。他急欲与小姐相见，便翻墙而入。这一翻，翻出了一段千古传唱的海誓山盟，张珙成为古今第一福气人。

这位翻墙少年是《聊斋志异》中《阿宝》里的粤西名士孙子楚，变身鹦鹉越墙而过，"生自念：倘得身为鹦鹉，振翼可达女室。心方注想，身已翩然鹦鹉，遽飞而去"，这一飞，与阿宝姑娘情意既定，起死回生，孙氏家族世代繁盛。

这位少年也是我们的大文豪苏轼。话说公元11世纪的一个夏初时分，东坡先生出门踏青。但行间，见花谢花飞花满天，不觉叹息不已。途经一座园子稍作歇息时，他听到围墙里面有姑娘的盈盈笑语，还偶有明快的歌声，在风中忽高忽低。苏先生道德与文章名动天下，虽然贴着墙根听了好一阵子，却没好意思翻墙进去搭讪，末了只留下一首《蝶恋花》，带着些许遗憾走了。

花褪残红青杏小。燕子飞时，绿水人家绕。枝上柳绵吹又少，天涯何处无芳草。　　墙里秋千墙外道。墙外行人，墙里佳人笑。笑渐不闻声渐悄，多情却被无情恼。

不翻墙的怅然若失，翻墙的成就姻缘，在我们无法企及的古代，这每一首诗词、每一个故事都是先人们生活的生动再现，这一幅幅有趣生动的风情画面，是心灵的吟唱，是炙热的爱。

《将仲子》中疯狂的爱情适合发生在夏天，在郑国（今河南新郑一带）这个平原地带，放眼望去，那是一望无际的田野啊，万物生长。我曾站在广阔的田野中四望，天空晴朗、碧云飘荡、树木茂盛，不觉感叹我的家乡河南真是个好地方。在我家乡的先秦时代，"里"还不是长度单位，而是一种地方行政组织，按照《周礼》中的说法，五家为

那场赴汤蹈火的深情——《郑风·将仲子》

邻,五邻为里。当时的农民住宅一般都是土屋外加种植很多树木的后院,外边再筑一道墙与邻居隔开,构成基本的街巷。

夏日到来,树木遮天蔽日,这是爱情发生的好日子。

当时的文献中有明确的社会风俗记录,《周礼·地官·媒氏》:"中春之月,令会男女,于是时也,奔者不禁。"国家都鼓励野外亲热啊,在周代男女交往确实是自由的,只要男女相互来电。而《将仲子》中,姑娘的父母兄长的叱骂、邻居的谗毁也可能因双方是仇家什么的,像李渔《十二楼》之一的《合影楼》故事一样:"听过道学的,就怕讲风情。说惯风情的,又厌闻道学。这一对连襟、两个姊妹,虽是嫡亲瓜葛,只因好尚不同,互相贬驳,日复一日,就弄作仇家敌国一般。起先还是同居,到了岳丈岳母死后,就把一宅分为两院,凡是界限之处,都筑了高墙,使彼此不能相见。"两家的下一代珍生、玉娟表兄妹两小无猜因此隔断。不管怎样,这些也阻止不了爱情的发生。翻墙也在所不惜。

这份炙热的爱在中国诗歌中屡见不鲜。"夜来冒霜雪,晨去履风波。虽得叙微情,奈侬身苦何?"在《诗经》时代之后的乐府民歌中,无名氏用这一首《夜度娘》唱着霜雪、风波都不算什么,相爱的人在任何困难面前都不会退缩。最为有名的恐怕就是《上邪》:"上邪!我欲与君相知,长命无绝衰。山无陵,江水为竭,冬雷震震,夏雨雪,天地合,乃敢与君绝!"这最有高度的誓言,震撼着整个中国诗坛。

更有甚者,用更加激烈的行动实践疯狂的爱情。潮州儒生张羽对心爱的琼莲说:"怕什么物议,顾什么形秽,誓与你,人间海底,生死相随永不离。"当时龙王的三公主琼莲被阻婚者龙王关押了起来,张羽就用仙姑所赠送的银锅把东海煮沸了。龙王不得已将张羽召至龙宫,与琼莲婚配。

《张生煮海》的故事由于各种版本戏剧的盛行深入民心,我看过越剧版本的。舞台布置华丽,唱腔清幽婉转,琼莲也对爱情抱有同样的态度:"但求知心共百年,甘愿人间受煎熬。为救张郎,粉身碎骨也甘愿。

何惜颔下把珠舍,含泪忍痛将珠摘。"

这就是《张生煮海》的故事,大海都敢煮沸,还有什么不敢的?在文学作品中,为爱赴汤蹈火似乎一直都是生活的最高价值。

台湾省花莲县诗人杨牧在《星是惟一的向导》中吟道:

> ……
> 那俯视是十八岁的我
> 在年轻的飞奔里,你是迎面而来的风
> ……
> 淡忘了你,淡忘这一条街道
> 在智慧里,你是遇,掀我的悟以全宇宙的渺茫
> 你的笑在我的手腕上泛出玫瑰
> ……

杨牧打了个比方,爱情是一场风,在那一场年少的疾风中,年轻的人们都似飞蛾扑火般爱过。诗人也曾这样炙热地爱过一个人,他用诗写下自己的过往,发出呼喊,不去管明天在何处,不去管我们在岁月的琐碎中变得怎样的沧桑。"仲可怀也",你怎会不让我留恋?

许多年后,花莲小城成了大城市,越来越多的孩子在高楼大厦里吹着冷风,看着偶像剧,有了更成熟的装扮,少男少女们已经有了太多的恋爱技巧,华丽丽地上演着一场又一场的爱恨交织,他们已经体会不到杨牧诗中的意境,也感受不到《将仲子》中的市井深爱。

那场单纯的爱恋,却陷入苦苦无可奈何的境地,不惜冒着可能摔伤、被女孩子父母兄弟发现辱骂毒打的危险,只是为了多看心爱的人一眼……

《合影楼》中的那堵墙,在相爱的表兄妹二人的努力下,"不但拆去墙垣,掘开泥土,等两位佳人互相盼望,又架起一座飞桥,以便珍

生之来往,使牛郎织女无天河银汉之隔"。而"不悔仲子逾我墙"这一回的女主角纪晓芙,终不后悔与杨逍曾经相爱,是以将女儿取名"不悔",面对师傅的威逼,坚决地摇了摇头,被灭绝师太一掌打死了。

都曾这样深爱。赴汤蹈火,在所不辞。你若来,我必与你同在,你听得到吗?

郑风·溱洧

溱与洧,方涣涣兮。士与女,方秉蕳兮。女曰:"观乎?"士曰:"既且。""且往观乎洧之外,洵讦且乐。"维士与女,伊其相谑,赠之以勺药。

溱与洧,浏其清矣。士与女,殷其盈矣。女曰:"观乎?"士曰:"既且。""且往观乎洧之外,洵讦且乐。"维士与女,伊其将谑,赠之以勺药。

第一章 情犀：情为何物，直教心思摇曳

小河之恋，跨越千年的美丽
——《郑风·溱洧》

唐代大诗人白居易，对河南的两条小河情有独钟，特别是到了老年，他还念念不忘，甚至发展到了魂牵梦萦的地步。在《宿荥阳》诗中，当他回忆起童年时写道："追思儿戏时，宛然犹在目……独有溱洧水，无情依旧绿。"诗中的溱、洧二水，是他幼年时经常去玩耍的地方。

溱水、洧水是河南境内的两条河。洧水横贯新密东西，全长40余公里，溱水自新密东北部至东部全长28.5公里，两条小河相距很近，在新密东部的具茨山麓又合在一起，称"双洎河"，流入颍水，最后汇入淮河。这两条不起眼的小河，平静地流着，为郑国带来充足的粮食，也筑起一道温柔的风景，成就了中国文化史上耀眼的坐标。

那是一个春天里发生的故事。郑国的青年男女用诗歌的方式把那

场面记录下来，传给了我们，名字叫《溱洧》。

> 溱与洧，方涣涣兮。士与女，方秉蕳兮。女曰："观乎？"士曰："既且。""且往观乎洧之外，洵訏且乐。"维士与女，伊其相谑，赠之以勺药。
>
> 溱与洧，浏其清矣。士与女，殷其盈矣。女曰："观乎？"士曰："既且。""且往观乎洧之外，洵訏且乐。"维士与女，伊其将谑，赠之以勺药。

这是农历的三月间，溱水和洧水迎来了桃花汛，春水涣涣。人们按捺不住内心的兴奋，奔向河边，爱情和喜悦之情一起在心里疯长。岸上青草茂密，枝头鸟鸣啾啾，阳光如金子一样铺洒下来，叫人春心荡漾。屋子里坐不住，便三五邀约，去河边参加欢会。河边，已然热闹如市集了，男男女女，往来如织，人人手拿兰草和芍药。他们开朗大方地说着笑着，将春天清爽的空气搅动得欢腾起来。

"溱与洧，方涣涣兮。士与女，方秉蕳兮。"蕳，一种生于水边的兰草。简简单单十四个字，就为我们勾勒了一幅欢乐祥和的游春图，传递给我们无数欣喜、兴奋的气息！这是法令允许的仲春之会，《周礼》上说："于是时也，奔者不禁。"倘若两人来电，就在野外亲热，也没人认为是伤风败俗，人们反而会认为这是对大地丰产的祝福，是吉祥！

《溱洧》就记录了这良辰美景中的一次相遇相爱。在如织的游人里，她看到了他，心一动，也不做任何遮饰，这个日子，谁都可以恣情任性。她直直地上前问："哎，去那边看看好吗？"他有点惊喜，慌乱间竟傻傻地回道："已经去过了。"她一下就喜欢上了他那傻傻的样子，仰着一张无邪的脸，调皮地说："那就再去看看呗！"言外之意是：这次你会有收获哦。他松了口气，幸好她有缠人的可爱，才没有错过如此俏皮的美女。他们一路笑闹，回到水边。或许大家要揣摩这士与女的关系：

第一章 情靡：情为何物，直教心思摇曳

三月桃花汛，春水涣涣。女子按捺不住内心的兴奋，奔向河边，爱情和喜悦之情一起在心里疯长。

最美不过诗经

他们可能认识，女子可能心里老早就喜欢这帅哥，今儿个正好找个借口接近；也可能并不认识，只是一见钟情而已。这都没关系，最重要的是现在他们相爱了，就在这小河之滨，互赠香草，这礼物不仅是定情之约，也有愿恋人身体康泰的祝福在里面。因为水边芳草萋萋，古人认为，香草有驱邪之功，于身体大有裨益。

这是多么生动的场面啊，健康和温暖的气息，真令人神往。这些讴歌春天、赞美纯真的爱情、展示纯朴风俗的绝妙诗章，竟然被我们的理学大师朱熹说成"奔者自叙之词"。但我们不用去理会，因为那从溱洧之滨踏春归来的青年男女们，他们身上佩带的兰草，手里拿着的芍药，洒下的一路歌声，散落的一路芬芳，播下的一春诗情，早已经冲破了封建卫道士囚禁的窗棂，将爱洒向了人间。

在中国历史上，伟大诗人杜甫在《丽人行》里就曾写道："三月三日天气新，长安水边多丽人。"三月天气，万象皆新，草木疯长，阳光明媚，丽人们徜徉河边，临水照花容，爱慕者们在努力追随、接近……这样的日子、这样的环境，正是爱情生长的温床。

宋代词人李之仪在长江上吟唱着："我住长江头，君住长江尾。日日思君不见君，共饮长江水。　此水几时休？此恨何时已？只愿君心似我心，定不负相思意。"伴着长江的流水许下爱的承诺。

看西湖边上的故事：白娘子与许仙的爱情传奇，跨越数千年，依然在流传。而最初，两个人，一场雨，一把伞，在河边相遇了。

开封人崔颢更是温情脉脉地讲述起小河旁的恋情。

　　君家何处住？妾住在横塘。
　　停船暂借问，或恐是同乡。

这是他《长干曲》的第一首。在碧波荡漾的湖面上，年轻的女子撞见了自己的意中人，爽朗地询问起小伙子："你的家住在哪里啊？"

还未等人家回答，她便着急地自报家门：我家住在横塘。你把船靠在岸边，咱们聊聊天，说不定还是老乡呢。姑娘潇洒、活泼和无拘无束的形象生动地映现在碧波荡漾的湖面上。

《长干曲》的第二首，小伙子也憨厚地回答了姑娘：

家临九江水，来去九江侧。
同是长干人，生小不相识。

虽然我们同是长干人，原来却并不认识。诗人崔颢并没有告诉人们这故事的结局。但是，能有如此浪漫的开篇，想来也应该和《溱洧》一样，"赠之以勺药"，是美丽的结局。

溱与洧，春水涣涣；溱与洧，清亮且长，正是爱情的温床。你把最美的芍药赠给我，我把手中的兰花赠给你，伊人在花草中芬芳，情意在春水畔绵长。这溱洧水畔的故事是两三千年前先人们生活的生动再现，清纯而自然，质朴而率真。在漫漫的冬眠里苏醒，男女邂逅，情愫暗生。恐怕今天苗族男女山歌对答，佤族男子"串姑娘"，傣族姑娘把绣球抛向有情人，白族男女在蝴蝶泉边对唱情歌……都未必比他们更快活。

写这篇文章的时候我就坐在我故乡的小河北汝河旁，离溱、洧二水没有多远，最终三条河都汇入了淮河。阳光透过树顶的缝隙，河面上跃动着细碎的金光，四溅的是细碎水珠的清凉。

我爱这些小河。我喜欢这些发生在小河边的恋爱故事，不惹灰尘，清新自然。

郑风·山有扶苏

山有扶苏,隰有荷华。不见子都,乃见狂且。

山有乔松,隰有游龙。不见子充,乃见狡童。

荷花丛中的美丽女子
——《郑风·山有扶苏》

> 山有扶苏，隰有荷华。不见子都，乃见狂且。
> 山有乔松，隰有游龙。不见子充，乃见狡童。

读这首诗的时候会有幅动态的画面，山上小树，阡陌纵横，有一个女子，她静静地走在山间小道上，慢慢来到一处沼泽，突然发现其中的荷花正盛开。于是她坐在池边，轻轻唱着心中的歌，幻想着下一秒遇见的人。时间流逝，结果等来的不是一直倾慕的美男子，却是一个轻薄的狂人。

记得历代一些点评名家的解释，东汉经学大师郑玄说："言忽所美之人实非美人。"现代古文字学家高亨以为这首诗写"一个姑娘没见到自己的恋人反遇到了一个恶少的调戏"。历史学家孙作云先生认为,《山有扶苏》属嘲笑、戏谑的小歌,是在"会合男女、祭祀高禖、祓禊求子"的背景下唱出来的,"是男女欢会节日之诗"。还真是百家争鸣,百花齐放呢。

个人觉得,就当下而言,《山有扶苏》有味道就在女人的俏皮,两千多年前一位女子俏骂戏谑情人的画面难道不惹人关注吗?不妨说恋人约会时,姑娘早早来了,小伙子却姗姗来迟,让姑娘既喜又恼。心里高兴着,嘴里却刻薄地说:"我等的人是子都那样的美男子,可不是你这种不守信用的狂妄之徒啊;我等的人是子充那样的善良人,可不是你这种轻浮浪荡的狡狯少年啊!"

一切缘于让她等久了!

这样风趣幽默的戏谑手段,也是姑娘们整治小伙子的拿手好戏。见面能打情骂俏,不更表示他们心无隔阂,嘴无遮拦,亲密无间吗?这样想来,两千多年前,那个情窦已开的浓情女子,戏谑情人时的欣悦与野性情态,就活灵活现地展现在我们的眼前。

《诗经》中还有一首写荷花丛中女子的等待的诗,即《陈风·泽陂》:

彼泽之陂,有蒲与荷。有美一人,伤如之何?寤寐无为,涕泗滂沱。

彼泽之陂,有蒲与蕳。有美一人,硕大且卷。寤寐无为,中心悁悁。

彼泽之陂,有蒲菡萏。有美一人,硕大且俨。寤寐无为,辗转伏枕。

花树之下,等待之余,这里的女子甚至在想象着如何与心上人撒娇了,害羞的脸颊红了又红,仍难以让自己坦然面对爱人,于是只好长夜无眠,涕泗滂沱。

这才是爱情，可以让人改变性情，去哭泣，去羞涩。女人独有的天真和温柔，只是留给心中那一个人的。

《诗经》里的人都纯粹得可爱，喜欢和憎恶都那么直接，没有过多的迂回战术。如果可以偶遇，那么一段恋情就慢慢滋生在彼此心间了。

> 春林花多媚，
> 春鸟意多哀。
> 春风复多情，
> 吹我罗裳开。

你听，好多情，等待之后，她的气消了，也不哭了，在夏日里，静静微笑。"江南莲花开，红花覆碧水。色同心复同，藕异心无异。"（萧衍《夏歌》）这样的女子便让后代的文人墨客生发出很多关于荷花丛中女子的畅想。诗仙李白在《采莲曲》里就再现了一个我见犹怜的女子形象："若耶溪傍采莲女，笑隔荷花共人语。日照新妆水底明，风飘香袂空中举。岸上谁家游冶郎，三三五五映垂杨。紫骝嘶入落花去，见此踟蹰空断肠。"采莲姑娘们的衣袂被风吹起，荷香体香共飘荡。那岸上谁家游冶郎，见此美景，会是怎样的感想？好一句"空断肠"，似乎都可听见盛世里男女的渴望：心在跳，脸色也变了。多亏被荷花丛遮住了。

大诗人白居易更是细节化了这个荷花丛中姑娘的娇羞："菱叶萦波荷飐风，荷花深处小船通。逢郎欲语低头笑，碧玉搔头落水中。"（《采莲曲》）这该是多么窘迫的场景，心爱的人儿就在面前了，说些什么都无从开口，一低头的温柔浅笑，还是心绪纷乱，刚一抬手，那斜插的时髦发簪掉落在水中了，本想给他最美的容颜，却不料情节戏剧化了，匆匆侧过脸，希望自己的尴尬没有让他看见。

如此美妙，荷花的点点花蕊，正如那女子的娇嫩容颜，于是从《诗

荷花丛中的美丽女子——《郑风·山有扶苏》

采莲姑娘们的衣袂被风吹起,笑隔荷花共人语,荷香体香共飘荡。那岸上谁家游冶郎,见此美景,可解那万缕情愁。

经》里走出的荷花，就从容地开在喧嚣的人间了。我去过江南，看过那大片的荷花从，万亩荷田，郁郁葱葱，风吹荷动，偶有红衣女子探出头来采莲。我心沉醉，直到今天都没醒来。

召南·摽有梅

摽有梅,其实七兮。求我庶士,迨其吉兮。

摽有梅,其实三兮。求我庶士,迨其今兮。

摽有梅,顷筐塈之。求我庶士,迨其谓之。

梅子熟透了，来追求我吧
——《召南·摽有梅》

> 摽有梅，其实七兮。求我庶士，迨其吉兮。
> 摽有梅，其实三兮。求我庶士，迨其今兮。
> 摽有梅，顷筐塈之。求我庶士，迨其谓之。

盛夏时节，杨梅成熟，有风吹过来的时候，梅子不时从枝头掉落。树下路旁一位姑娘见此情景，敏锐的内心感触到虽然青春无价，可是时光流逝太快太无情，自己依然婚嫁无期，于是便有了这首诗歌。这样描述尽管和当时的事实有所出入，但大致就是如此。

女子恨嫁的诗歌历史上不少，从北朝民歌的"门前一株枣，岁岁不知老。阿婆不嫁女，那得孙儿抱"，到明朝《牡丹亭》中杜丽娘感慨

梅子熟透了，来追求我吧——《召南·摽有梅》

岁月无情，眼见得时光已催熟了杨梅，染绿了芭蕉，更是把韶华往后抛，自己的婚嫁遥遥无期。

的"良辰美景奈何天",再到现在《吐鲁番情歌》中的"葡萄成熟了"。《召南·摽有梅》算是较早的一首,写得也很好玩。诗中的"七兮"和"三兮"都是虚指,七及其往上表示的是很多的意思,三及其往下表示很少,因为古代没有现在这么发达,东西也少,东西多得数不过来时就用多表示虚指。所以,首段说的意思就是,快去摘那些梅子吧,你看果子还有七成,还比较多,还可以多挑挑,你们这些小伙要是喜欢我的话,快去挑黄道吉日来求婚吧。

这个女子很聪明,可爱伶俐,在话语中把自己比成杨梅,请小伙子们采摘,婉转地表达了自己的心声——来求爱吧,对自己来说又保留了女子的矜持。一举两得。无怪乎春秋时期晋国人范宣子来到鲁国,想请国君帮助晋国伐郑,却又猜不透鲁君的时候,就吟诵了这一段诗:"摽有梅,其实七兮。求我庶士,迨其吉兮。"诗歌运用到政治上,范宣子既表达了请求的意思,又给双方留下回旋的余地。因为没有挑明,多数大臣听后不知道怎么回事。季武子是个明白人,听了以后,也采取了相同的措施,自己也吟诵了一段诗——《小雅·角弓》:"骍骍角弓,翩其反矣。兄弟昏姻,无胥远矣。"意思是说弯弓的弦线要时常调整,兄弟亲戚之间,也要时常叙叙旧,要不然关系就远了。言下之意是,我们两国是亲戚关系啊,彼此的事不分,我同意帮你们打郑国。诗的作用很大,吟诵几句诗,超难的政治问题就这样解决了。

那么《摽有梅》中听到女子呼唤的男人如何作答呢?他是不是心领神会,也以诗作答?答案是让人失望的。

随着梅子树上的果实渐渐掉落,身边的闺中密友也一个个陆续出嫁,女子有点急切了,于是接下来唱出的梅子数目就变少了:由"七"减到"三"——树上的梅子可就只剩下三成了,要来下聘礼今日也好,要是你不下,明天人家来迎娶了也说不定,到那时候你后悔可就来不及啦。女子的心确实有些急切了,梅子落地,青春太容易失去了。罗丹就说,真正的青春,贞洁的妙龄的青春,全身充满了新鲜血液,体态轻盈而不可侵犯的青春，这个时期只有几个月。眼看婚期将尽，怎能不急？

不知道这个女子几次抛出绣球的对象究竟是不喜欢她，还是傻乎乎不明事理，听了女子的进一步表白还是没有一点反应。女子也只好放下身段，拿出勇气，说出也许是她有生以来说过的最勇敢的话语：帅哥，你别走，和我来说几句话，看看我们合适不，合适就嫁给你了。如此直白的话语，惊爆所有人的眼球。看来女子老大愁嫁，古代也是有的。

不知道经过这次赤裸裸的表白，男子是否接受，不过这首诗最令人称道的地方就是女主人公毫不掩饰自己对爱情的渴求，大胆用语言表达出来。女性在内心深处对情感寄托的欲求是最真实的，天经地义，无可指责。可生活在现实之中，要将这些想法毫无顾忌地说出来，是需要莫大的勇气的，即使社会到了今天也不是那么容易，所以，千百年来，对《摽有梅》的女主人公，人们一直给予讴歌与称赞。

诗评家龚橙《诗本谊》中说：《摽有梅》，急婿也。一个"急"字，抓住了全篇的情感基调，很有道理。与这首诗要表达的意思一样的是唐朝杜秋娘的《金缕衣》：

　　劝君莫惜金缕衣，
　　劝君惜取少年时。
　　花开堪折直须折，
　　莫待无花空折枝。

《金缕衣》中，花朵悄无声息地枯萎，留下无数叹息，意蕴犹在，相比起来，《摽有梅》中女主人公对爱情的表达更大胆、更直接。

这首《召南》中具有代表性的诗，比恢宏壮丽的《周南》诗更为灵活，不时有口语点缀，似是我们日常的对话，更加体现出当时

梅子熟透了，来追求我吧——《召南·摽有梅》

的风情，来听：

梅子落地纷纷，树上还留七成。
有心求我的小伙子，请不要耽误良辰。
梅子落地纷纷，枝头只剩三成。
有心求我的小伙子，到今儿切莫再等。
梅子落地纷纷，收拾要用簸箕。
有心求我的小伙子，快开口莫再迟疑。

郑风·褰裳

子惠思我,褰裳涉溱。子不我思,岂无他人?狂童之狂也且!

子惠思我,褰裳涉洧。子不我思,岂无他士?狂童之狂也且!

闻君有他心，拉杂摧烧之
——《郑风·褰裳》

热恋中的人儿，神经总是有点儿过敏。男子只不过没有跟女子说话，她马上就吃不下饭；不理她，她马上就睡不着觉，真正是寝食不安啊！《诗经·郑风·狡童》中喜欢上坏少年的姑娘就是这种形象。

  彼狡童兮，不与我言兮。维子之故，使我不能餐兮。
  彼狡童兮，不与我食兮。维子之故，使我不能息兮。

如此一来，恋爱中的姑娘似乎永远没有精神的安宁，男子一个异常的表情，就会激起她心中的波澜，不过，《褰裳》中的姑娘在同样的情况下，却一改风范。

> 子惠思我，褰裳涉溱。子不我思，岂无他人？狂童之狂也且！
> 子惠思我，褰裳涉洧。子不我思，岂无他士？狂童之狂也且！

在这里，姑娘不说自己想别人，却说别人心里有她。如果说这只是姑娘所特有的矜持，更辛辣的话还在后面：你若不爱我，我再追别人。一副挑战者的架势。

有人说，你别看姑娘口口声声说还可以去爱别人，其实那不过是一种戏谑性的挑逗语言。不管如何，姑娘的独立姿态在《诗经》中独树一帜，让河对岸的小伙子别无选择，要么爱，要么放弃，没有回旋的余地。

一首短短的小诗，鲜明地刻画出一个辛辣姑娘的形象，诗篇不用肖像描写，不用行动描写，也不进行心理刻画，仅仅选取几句颇有性格的语言，令人赞叹。

在爱里，因为喜欢，有时人是卑微的，失去了自我。张爱玲说：喜欢一个人，会卑微到尘埃里，然后开出花来。在爱里，有时是很自我的，所以衍生出单相思来，苦苦追求得不到的水中花、镜中月，徒增烦恼。而《褰裳》中姑娘的自尊之爱则引领出刚烈一派。

> 有所思，乃在大海南。何用问遗君？双珠玳瑁簪，用玉绍缭之。闻君有他心，拉杂摧烧之。摧烧之，当风扬其灰。从今以往，勿复相思。相思与君绝！鸡鸣狗吠，兄嫂当知之。妃呼狶！秋风肃肃晨风飔，东方须臾高知之。

这是汉代《铙歌十八曲》中著名的《有所思》篇。开篇写女子对远方的情郎心怀真挚热烈的相思爱恋之情，为了他，经过一番精心考量，送他"双珠玳瑁簪"，然而女子意犹未尽，再用美玉把簪子装饰起

第一章 情扉：情为何物，直教心思摇曳

仍是那座小桥，仍是那片竹林，斜倚石栏，想象你的模样，不觉恨意顿生。惹人情扉的情为何物？只怕与恨只有一线之隔。

来。单从她对礼品非同寻常的、不厌其烦的层层装饰上，就可看出她那内心积淀的爱慕、相思的浓度和分量了。而当她"闻君有他心"后，真如晴天霹雳！骤然间，爱的柔情化作了恨的力量，将那凝聚着一腔痴情的精美信物，愤然地始而折断，再而砸碎，三而烧毁，摧毁烧掉仍不能泄其愤，消其怒，又迎风扬掉其灰烬。"拉、摧、烧、扬"，一连串动作，如快刀斩乱麻。"从今以往，勿复相思。"一刀两断，又何等决绝！那样刚烈，那样直率，让人心生敬佩，就像卓文君的"闻君有两意，故来相决绝"。当初卓文君舍弃荣华富贵，随司马相如私奔而去。

> 皑如山上雪，蛟若云间月。闻君有两意，故来相决绝。
> 今日斗酒会，明旦沟水头。躞蹀御沟上，沟水东西流。
> 凄凄复凄凄，嫁娶不须啼。愿得一心人，白头不相离。
> 竹竿何袅袅，鱼尾何筷筷！男儿重意气，何用钱刀为！

　　这首《白头吟》是司马相如发达后想纳妾之时卓文君写的决绝书：爱情应该像山上的雪一般纯白，像云间月亮一样光洁。听说你怀有二心，所以来与你决绝。今日犹如最后的聚会，明日我们将是陌生人。……

　　这首诗就像一把匕首亮在司马相如的面前，如此冷静和周密，指责着他的负心移情，用比拟手法说明彼此之间行将断绝的恩情。写到这里，不由得想起了舒婷的诗《致橡树》中的句子："我必须是你近旁的一株木棉／作为树的形象和你站在一起／根，相握在地下／叶，相触在云里。"独立和自尊恐怕是古今有思想的女子共同的追求吧。

　　还有在《杜十娘怒沉百宝箱》中，杜十娘是一个出身卑贱的娼妓，在邂逅李甲之后，她似乎将自己的情感都奉献出来。李甲后来却将她转卖给别人。但是他低估了杜十娘，杜十娘在将终身托付之时保留了自己的财富，以至她在被抛弃之后还能够站在金钱的高度上鄙视李甲，乃至反过来将其抛弃。

闻君有他心，拉杂摧烧之——《郑风·褰裳》

在中国的爱情故事之中，男女主角之中，女主角总是偏向于被动，一旦倾心就将终身托付，男人负心变节，女方也只能忍气吞声，委曲求全。在古代男女的恋爱之中，女子不过是男子的附属物，也正因为这样，《蹇裳》中刻画的女子形象才弥足珍贵。

陈风·月出

月出皎兮，佼人僚兮。舒窈纠兮，劳心悄兮。

月出皓兮，佼人懰兮。舒忧受兮，劳心慅兮。

月出照兮，佼人燎兮。舒夭绍兮，劳心惨兮。

月光美人情
——《陈风·月出》

中国人对月可谓情有独钟。自古以来,人们就把月光作为美好愿望的象征,无数次地赞美她,讴歌她。而在描摹月亮时,又往往撩起对美人的情思来。在历朝历代的诗词吟诵之中,月与美人总是相依相伴。比如,这首《月出》:

> 月出皎兮,佼人僚兮。舒窈纠兮,劳心悄兮。
> 月出皓兮,佼人懰兮。舒懮受兮,劳心慅兮。
> 月出照兮,佼人燎兮。舒夭绍兮,劳心惨兮。

这首诗里的"窈纠""懮受""夭绍",皆形容女子行走时体态的曲线美；懰，美好；慅，忧愁，心神不安。这是古代男子思念爱人的歌，所寄托的是月夜幽思。

天上月儿多么皎洁，照见你那娇美的脸庞，你那苗条的倩影，只能使我心中暗伤！天上月儿多么素净，照见你那妩媚的脸庞，你那舒缓安详的模样，只能使我心中纷乱！天上月儿多么明朗，照见你那靓丽的脸庞，你那婀娜多姿的身影，只能使我黯然神伤！

这首《月出》是陈国的民歌，是一首月下思念美人的情诗。诗人由皎洁的月光想到了与明月交相辉映的美人，想到了月色中的美人容貌之美和体态之美，于是暗暗地爱上了她。

月光、美人，这是一幅多么恬静的画卷！在这首《月出》中，皎洁明亮的月光，照着她娇媚的脸庞，让人怀想。长久的相思啊，牵动他的愁肠，痴恋的心情，是多么的焦躁，是多么的烦忧。忧愁就这样在遭遇爱情的男子心里生长。"明月当空引人愁，万家欢乐唯我忧。"皓月当空，清辉皎洁，在明月之下，诗人却忧伤起来。这正说明了诗人的痴情和爱的专注、深沉。《诗经》中那首著名的《关雎》里所描写的"求之不得，寤寐思服。悠哉悠哉，辗转反侧"的心情，与此时此刻诗人的心情完全相同。而诗中的美人，若真若幻，似梦非梦，恍惚迷离，究竟是诗人心中的幻觉还是现实中真实的场景呢？似乎没有人能说得清楚。

世人对月光、美人的最初印象应该就是从这首《月出》开始的。"月出皎兮，佼人僚兮。舒窈纠兮，劳心悄兮。"情调幽隽可爱，一个"皎"字，传达出后人对月光的永久记忆。这样便形成了"月亮与美人"的"月出皎兮"原型模式。宋玉在《神女赋》中也用明月喻神女之美："其少进也，皎若明月舒其光。"于是，月光与美人，成为一种意象，一种世间最动人的意象。说中国的月亮是从《月出》中升起的，亦无不可。自此，我们的民族情怀中就增添了一丝月光的浪漫，我们的文化长河里就荡漾着一片浪漫的月光，我们后世人的爱情也总是在月光里徜徉。

"那冰轮离海岛，乾坤分外明，皓月当空。恰便似嫦娥离月宫，奴似嫦娥离月宫，好一似嫦娥下九重，清清冷落在广寒宫，啊，广寒宫！"一曲《贵妃醉酒》唱尽了一个美丽女人的寂寞、怨艾，这意境与《月出》是何其相似，一样的皓月当空，一样的佼人起舞，一样的忧心劳劳。

唐代诗人张九龄《望月怀远》中的"海上生明月，天涯共此时。情人怨遥夜，竟夕起相思"道出了多情的人对远方人的思念之情。南朝宋辞赋家谢庄《月赋》中的"美人迈兮音尘阙，隔千里兮共明月"与其意思相近，但意境更加雄浑壮阔。

而老舍先生《月牙儿》中那"带点寒气"在黑夜中洒尽几丝月光，又在黑夜中消失的月牙儿，无不流露出作者对女主人公的情感——月是凄婉的。作家霍达《穆斯林的葬礼》中的新月，情如月高洁、泪似月倾流，月圆月缺，情节跌宕起伏——月是凄美的。这一内涵丰富的意象，渗透了中国文人的多少情思啊！

文人笔下的月亮，都是如此宁静、皎洁、清冷、神秘，犹如美人。写了众多颂月诗歌的李白就说过"人攀明月不可得"，因此也为那只辛苦捣药的玉兔和形单影只的嫦娥叹息。臆想和幻想是美丽的，许多诗人把所有时间装不下的情感都寄存到了冰清玉洁的天上宫阙，使之成为人类文化永久的收藏。

歌手邓丽君的一曲《月亮代表我的心》也已成为经典：

你问我爱你有多深，
我爱你有几分？
我的情也真，
我的爱也真，
月亮代表我的心。
你问我爱你有多深，
我爱你有几分？

月光美人情——《陈风·月出》

美人如花隔云端，想象着她月下姣好的容颜，想象着她月下踯躅的婀娜倩影……在似梦非梦、似醉非醉中，模糊了双眸，凌乱了心绪。

> 我的情不移，
> 我的爱不变，
> 月亮代表我的心。
> ……

无数古人，无数次与月亮交流共鸣之后，才有了这句经典的言情言语：月亮代表我的心。这里面沉淀了太多关于月亮的情愫。而周星驰的《大话西游之月光宝盒》，当在清冷的月光下再次说出"如果非要加上一个期限，我希望是一万年"，那种感觉更是感人泪下。

《月出》中的这位美人，风姿绰约、优雅娴静，在月光的映衬下，更显其遗世独立。郭沫若有诗曰："皎皎的一轮月光，照着位娇好的女郎。照着她夭袅的行姿，照着她悄悄的幽思。她在那白杨树下徐行，她在低着头儿想甚？"（《卷耳集》）我们时常把女子比喻成月光，美人如花隔云端，想象着她月下姣好的容颜，想象着她月下踯躅的婀娜倩影……我们在似梦非梦、似醉非醉中，模糊了双眸，凌乱了心绪。

"楼上看山，城头看雪，灯前看月，舟中看霞，月下看美人，另是一番情境"，这是清代文学家张潮小品文集《幽梦影》中的句子。想必，这美人，一定美丽至极，方才让作者苦苦留恋。这样的场景，这样的意境，这样的心情，这样的女子……两个美丽的词慢慢涌上心头——楚楚动人，我见犹怜。

而能让人从心底产生这种"爱怜"感觉的，恐怕必定是那种清秀绝伦又柔情似水的女子。要是你真碰上了这样的女子，那可以说是你的幸运；要是你真如此幸运的话，那你一定要把她当作手心里的宝来疼。

第二章
分离：也曾惊艳了年华

郑风·叔于田

叔于田,巷无居人。岂无居人?不如叔也。洵美且仁。

叔于狩,巷无饮酒。岂无饮酒?不如叔也。洵美且好。

叔适野,巷无服马。岂无服马?不如叔也。洵美且武。

岁月的长河中，你曾是我天神
——《郑风·叔于田》

> 叔于田，巷无居人。岂无居人？不如叔也。洵美且仁。
> 叔于狩，巷无饮酒。岂无饮酒？不如叔也。洵美且好。
> 叔适野，巷无服马。岂无服马？不如叔也。洵美且武。

《郑风·叔于田》这首诗开头一句话写得极好，"巷无居人"，意即巷子里没有了人。大文豪苏轼大概就是从这句诗里得到了启发，才写出了后来闻名的《八月十七复登望海楼》一诗中的"赖有明朝看潮在，万人空巷斗新妆"。

武松在初次到达阳谷县城的时候也几乎是万人空巷了。"那阳谷县人民，听得说一个壮士打死了景阳冈上大虫，迎喝将来，尽皆出来看，哄动了那个县治。武松在轿上看时,只见亚肩叠背,闹闹穰穰,屯街塞巷……"《水浒传》中如此描写。

骨健筋强,威风凛凛,只手空拳打死猛虎。这位万人爱慕的英雄人物的到来,给一个叫潘金莲的女人带来多么大的期望。

对于这首诗,旧说一直都坚持认为是讽刺郑庄公寤生的,其中的"叔"是指当时郑庄公的亲弟弟叔段,深得其母武姜的宠爱,被封在郑国都城新郑附近的大邑"京"(今河南荥阳市东南)。鲁国的大小毛公的《诗经》研究著作《毛诗序》云:"叔处于京,缮甲治兵,以出于田,国人说而归之。"是说叔段很有才干,修甲兵、具卒乘,国人都归顺了他,所以就写《叔于田》来赞美他,顺便还讽刺了没本事还占据国君地位的庄公。

按验明本,史料记载中找不到这些拥护者做赞美诗、讽刺诗的证据,不过《左传》中说,叔段确实很有才干和手段,举兵攻打庄公,不料败逃。而郑庄公亦为春秋小霸,历史上著名的政治家。

不过,先秦那个时代太远,品读《叔于田》这首诗,这些我倒是都没看出来。诗中"田"不是田地的"田",其义同"畋",畋是古代贵族的一种行乐活动,相当于狩猎,和诗中"叔于狩"的"狩","叔适野"的"野"差不多同一个意思。所以这位"叔"也就不是在田地里干活的农民,而是一个贵族武士。一个英勇的猎人形象跃然纸上。

著名作家钱锺书先生认为,我们不妨把诗意解释为女子对自己心中猎人偶像的爱慕之情。在钱锺书先生的观点中,在这种爱慕之情中,除了这位偶像外,周围的其他任何人都好像不存在了。一切的一切和"叔"相比,都是"不如叔也"。在武松初次到来的那个下午,抬头瞬间,潘金莲向他看去,恐怕也是这种心境,心底悄然升腾起一种对美好生活的向往。

潘金莲与武松能不能在一起?答案大家都知道,过程还要再说一说。

嫁给武大郎这样的男人，是潘金莲注定的苦。她青春美貌、肌肤柔滑，却不能得到自己理想的爱情与婚姻。

那一年，武松的出现，"巷无居人。岂无居人？不如叔也。……巷无饮酒。岂无饮酒？不如叔也。……巷无服马。岂无服马？不如叔也"。英俊豪迈，男儿气概，打虎英雄……在黑暗的夜晚，在黎明的曙光中，潘金莲脑海中翻滚的都是关于武松的点点滴滴。不光是武大郎，就是拿天下所有别的男人和武松比，也是没得比的。"洵美且仁""洵美且好""洵美且武"，这些确实是为武松量身定制的。"洵"是"实在、诚然"的意思，"洵美"，即实在是太英俊了。

这样的男子突然来到面前，怎不让人心生喜爱呢？潘金莲细心地为武松缝制了衣服，让他齐整地穿在身上，她自己也情不自禁地帮他拉好衣襟，这样的情感应该是发自内心的，她是真心喜欢的、爱慕的、崇拜的。

她对美好生活充满了向往：和武松在一起。

作为故事的另一个主角，武松是怎么想的呢？他对潘金莲是否有"与君初相识，犹如故人来"的感觉，我们不知道。但是武松最后的拒绝态度也绝对没有错，他难道会去勾引嫂子吗？武松的伦理道德是配得上他英雄的称谓的，虽然可能被西方人说成是没有情调——这个时候，我们只能感到无奈了。

按照故事的发展，潘金莲总会再遇上西门庆，一定会。但再也不会产生像对武松的那种美好向往了，只会是"交颈鸳鸯戏水，并头鸾凤穿花"的身体需要了。

三月初头，武松拿尖刀剜向金莲的胸口。岁月琐碎，过滤往事，武松，你给过我最美好的想象，最美好的时光。我曾幻想和你在一起。潘金莲这样想。

《诗经·郑风》中还有一首《大叔于田》紧跟《叔于田》之后：

> 叔于田，乘乘马。执辔如组，两骖如舞。叔在薮，火烈具举。袒裼暴虎，献于公所。将叔无狃，戒其伤女。
>
> 叔于田，乘乘黄。两服上襄，两骖雁行。叔在薮，火烈具扬。叔善射忌，又良御忌。抑磬控忌，抑纵送忌。
>
> 叔于田，乘乘鸨。两服齐首，两骖如手。叔在薮，火烈具阜。叔马慢忌，叔发罕忌。抑释掤忌，抑鬯弓忌。

对于《诗经》中的大多数诗，不要怕不认识的字多，其实意义都很简单，而且章节复沓，很有音律，因为大多是唱出来的民歌。

这首《大叔于田》同样是一首描写贵族武士狩猎的诗歌，只是更加详细地描述了猎人狩猎的具体方式。"乘乘马"，驾着四匹马拉的车，"黄""鸨"都是指马的颜色，分别是"黄色"和"黑白相间"的颜色。三个章节集中赞美猎人打猎时如何驰马射箭，纵横自如。

> 阿叔到围场去打猎，他乘坐着四匹马拉的车。粗大的缰绳握在他的手里竟然像丝一样柔软，车两旁的马儿跑起来像是在跳舞。阿叔在湖边草地上，几处烈火一齐燃烧起来。他赤膊徒手就捉住了老虎，献给庄公处。……

诗歌的后两章又反复地传达对阿叔的爱慕与崇拜。先秦那个年代太远，我们也无法断定这首诗的缘起与作者，不过可以猜想到是一个女子吧，对偶像爱慕之外还有着特别的亲切关怀——"将叔无狃，戒其伤女"，意思是"你不可大意啊，小心老虎伤着你"。

这个女子也在做着一个对美好生活向往的绚丽的梦。大千世界，一个女子对英俊勇敢的男人产生感情，幻想和他在一起，这是常态，从遥远的《诗经》时代就可以断定。

这是东西方再遥远的距离再高大的山峰也无法阻挡的。古希腊著

第二章 分离:也曾惊艳了年华

见了他,她变得很低,低到尘埃里,但她的心里是欢喜的,从尘埃里开出花来。岁月琐碎,过滤往事,最美好的时光,她曾幻想和他在一起。

名抒情女诗人萨福有一首诗《在我看来那人有如天神》：

> 在我看来那人有如天神，
> 他能近坐在你面前，
> 听着你甜蜜
> 谈话的声音，
> 你迷人的笑声，我一听到，
> 心就在胸口怦怦跳动。
> 我只要看你一眼，
> 就说不出一句话，
> ……

东西方的古文明时间相隔甚长，并且东西方不通，但传达出来的精神内涵是一致的。遇见像天神一样的偶像，他一身力来一身胆，他一肩能挑两座山；他翩翩公子，洵美且仁；他才气过人，洵美且好；他力能扛鼎，洵美且武。我的偶像，我要和你在一起过美好生活。

"谁人有此？谁人为是？"出生于今河南荥阳的晚唐大诗人李商隐晚年回忆自己的感情，写的《柳枝五首》，就讲了自己的爱情故事。

这位柳枝姑娘平时不梳洗，不说话，在听到李商隐的诗句时竟抬头惊问："谁人有此？谁人为是？"是什么人能写出这样的诗篇？什么人能有这样的感情？

我原本的生活几乎暗淡无光，可以忽略周边的一切，直到你的出现。对我来说，你是偶像，你是光，你是电，你是天神，你是唯一的神话。柳枝抱定这样的想法，追求幸福。你要往哪儿走？把我的灵魂也带走吧。

待到双方约见，在巷口，窗扇下。柳枝双鬟齐整，垂手而立，盈盈含羞。然后，她微启朱唇："后三日，邻当去溅裙水上，以博山香待，与郎俱过。"意思是说：三天以后我们有一个求福的节日，我要烧一炉

岁月的长河中，你曾是我天神——《郑风·叔于田》

博山香等着你来。说这话的时候，阳光落满她的脸庞，浮光里的她，是那样美丽动人。

话说我们的大诗人也有常人的感情。他多想牵牢柳枝的手，不去管什么长安，不去管功名利禄，从此只和她烟水横渡，恩爱生活。

"十里平湖霜满天，寸寸青丝愁华年。对月形单望相互，只羡鸳鸯不羡仙。"这是柳枝与李商隐最好的归宿。可以想到，最初武松到来的时候，这也是潘金莲设想的他们的结局。

命运常常是这么残忍。李商隐和柳枝的爱情结局呢？只因为李商隐的朋友把他的行李偷走了，李商隐没有办法就跟朋友走了。三天之后，柳枝姑娘没有等到偶像的到来。雨落青丝，滑落脸庞。

在岁月的长河中，我们对偶像都曾心生爱恋，邂逅的也好，媒妁牵线的也好，郎晓妾的意也好，妾懂郎的情也好，爱来爱去，最后都只是陌生人。

人生如同早春的天气一样无常，一会儿棉衣，一会儿夹克，一会儿毛衣。乍暖还寒，最难将息。

我终于写完这个故事。美好远去，"洶美且武"，这个绚丽的梦，和那个英俊又威武的男人永远存在记忆中。

秦风 · 蒹葭

蒹葭苍苍,白露为霜。所谓伊人,在水一方。溯洄从之,道阻且长。溯游从之,宛在水中央。

蒹葭萋萋,白露未晞。所谓伊人,在水之湄。溯洄从之,道阻且跻。溯游从之,宛在水中坻。

蒹葭采采,白露未已。所谓伊人,在水之涘。溯洄从之,道阻且右。溯游从之,宛在水中沚。

伊人美好不可得
——《秦风·蒹葭》

何足道，长脸深目，瘦骨棱棱，在金庸小说中的男子里，他不算是最为出彩的一个。比起白衣飘飘的杨逍，他少了几分俊逸；比起遗世独立的黄药师，他缺了几分冷傲邪气。这位昆仑派的掌门人以琴、棋、剑著名，故而号称昆仑三圣。

虽为圣人，多才自负，但曲高和寡，内心寂寞。在《倚天屠龙记》中，郭襄在少室山下遇到了何足道，十九岁的郭襄对何足道的琴棋之艺随口点评了一番，想来只是小女子的随性而为，却没想到被何足道惊为天人。

郭襄拿何足道的古琴弹了一首《诗经·卫风》中的《考槃》：

考槃在涧，硕人之宽。独寐寤言，永矢弗谖。
考槃在阿，硕人之薖。独寐寤歌，永矢弗过。
考槃在陆，硕人之轴。独寐寤宿，永矢弗告。

这首诗描写在山涧结庐独居、自得其乐的隐士意趣，和郭襄当时的心绪很契合。郭襄爱杨过，明知不得结果，但依然难以控制自己的心性，这对一个情窦初开的女子来说是件悲伤的事情。所以她情愿远离喧嚣，到山涧隐居，让杨过永存她心间，即便日后孤单度日，也不会忘记这段美好的感情。日后站于山冈之上，也能借着回忆令孤独的日子变得舒畅快乐。郭襄意欲守候着杨过的形象，终生不改初衷。

而何足道却为郭襄这一曲惊喜，尽管郭襄表示了希望在山间独来独往的意愿，何足道还是痴痴站着，陶醉其中。郭襄被何足道一厢情愿地认作知己，他一见难忘，为郭襄谱写了新的曲子，等到两人第二次相遇，何足道也露了一手，别出心裁地弹了《诗经》中的另一名篇《秦风·蒹葭》：

蒹葭苍苍，白露为霜。所谓伊人，在水一方。溯洄从之，道阻且长。溯游从之，宛在水中央。
蒹葭萋萋，白露未晞。所谓伊人，在水之湄。溯洄从之，道阻且跻。溯游从之，宛在水中坻。
蒹葭采采，白露未已。所谓伊人，在水之涘。溯洄从之，道阻且右。溯游从之，宛在水中沚。

郭襄听着不禁心想，他琴中的"伊人"难道是我？应该说何足道是个优秀的男人，他的琴艺也很好，但是落花有意流水无情，郭襄的心早已被杨过占满，不论与杨过有没有结果，也不会让何足道靠近自己。

但郭襄这种拒人千里之外的态度对何足道来说，更具有吸引力，而最后的结局也是郭襄"宛在水中央",可望而不可即,正好与他弹奏的《蒹葭》相吻合。

《蒹葭》诗中的青年在一个早晨,白露茫茫、秋苇苍苍的意境下,痴迷地在水边徘徊,寻找他的"伊人"。"伊人"在哪里?她似乎就在眼前,但隔着一条无法渡过的河,他只能看到佳人在水一方的倩影,美丽的笑容在雾中若隐若现,伊人也就可望而不可即。青年惘然若失。

伊人之美,也就在于"宛在水中央"。隔着一条无法逾越的河,青年从未真正清晰地看到过自己的心仪对象,但心中怕是早已有了她的模样,那么惹人喜爱。但无法得到,追寻的路途充满艰险,想要把那女子的模样忘掉,但怎么忘也忘不了。

爱情,尤其是单相思之爱带给人的常常就是悲苦与感伤,现在男子无法克制地思念那个人,迷离,恍惚。所以,他只好常常来到这一片水边,只好傻傻地朝对岸遥望。女子也不能从"水中央"走出来,她只能属于水边,临水而居,与秋霜、芦苇为伴,才显得那么不染尘俗,盈盈一水间,脉脉不得语,《蒹葭》的若即若离的美感,氤氲的效果,让一代又一代人遐想万分。

人世间越是追求不到的东西,越是觉得它可贵,爱情尤其如此。英国戏剧家萧伯纳曾说过:人生有两大悲剧,一是得不到想得到的东西,一是得到了想得到的东西。得不到回报的爱情,带给人多少肝肠寸断,剪不断,理还乱。但无论如何,伊人在男子的心中,愈发高洁、可爱、可敬,更令他神往。

古希腊神话中有一则传说:坦塔罗斯因触犯其父主神宙斯被打入地狱,承受着永远的痛苦折磨。他每天一站在深水中,波浪就在他的下巴旁边汹涌,可是他却要忍受着干渴的困扰,他只要一想去喝水,周边的水立马就会消失。不但如此,他还要忍耐着饥饿的痛苦,水边有一排果树,上边结着各种果实,把树枝都压弯了,果实就垂在自己的额前。只要他想伸手去摘取果实,一阵大风就会把果实通通刮走。

伊人美好不可得——《秦风·蒹葭》

所谓伊人，在水一方。佳人属于水边，临水而居，不染尘俗，如此景致，望一眼，便已心醉。从此，我爱上的人都很像你。

目标很近从而使失败显得更让人痛苦。

　　因此来说，有时候想要达到目的还须保持一定的距离。男子为了保持心目中"伊人"若隐若现之美，不去接近，享受着水中望月的朦胧缥缈之美，也是一种不错的选择吧。

　　"所谓伊人，在水一方。"一幅古典的绝美图画，就在眼眸之下，如此景致，意犹未尽，望一眼，便已心醉。伊人之美，即使穿越千年，依然鲜活如初。就连蒹葭这在水边常见的植物，也染上了几千年的美丽，成为一种美好的爱情象征，永远流传。

　　思念可以是一生，也会是一瞬间的事情，转眼间，便是开到荼蘼花事了。"所谓伊人，在水一方"，那距离虽然咫尺可见，却又远在天涯。

邶风·绿衣

绿兮衣兮,绿衣黄里。心之忧矣,曷维其已?

绿兮衣兮,绿衣黄裳。心之忧矣,曷维其亡?

绿兮丝兮,女所治兮。我思古人,俾无訧兮。

绨兮绤兮,凄其以风。我思古人,实获我心。

回首往事，内心深处念念不忘她
——《邶风·绿衣》

第二章 分离：也曾惊艳了年华

"生同衾，死同穴"是古代男女长久的生活理想，即使生不能同处，死也要同眠。爱人先去之后，男人看着眼前妻子缝制的衣服整整齐齐摆放着，虽然有一些年头了，但看起来和新的差不多。用手抚摸它们每一处针脚、每一个纽扣，似乎往事就要呼啸而出，这件件都似珍宝，因为这些是世界上最懂他的人亲手做的，还因为这个人已经离他远去，并且，永远不会再回来。

这就是《邶风·绿衣》讲述的故事。

绿兮衣兮，绿衣黄里。心之忧矣，曷维其已？
绿兮衣兮，绿衣黄裳。心之忧矣，曷维其亡？

> 绿兮丝兮，女所治兮。我思古人，俾无訧兮。
> 絺兮绤兮，凄其以风。我思古人，实获我心。

在这首诗中，抛开那些历史、政治等的争执，会看到发自灵魂深处的声音。

"绿兮衣兮"，只说了"绿衣"一物，用了两个"兮"字断开，似是哽咽。绿衣裳啊绿衣裳，绿色的面子黄色的里子。心忧伤啊心忧伤，什么时候才能止住忧伤？绿衣裳啊绿衣裳，绿色的上衣黄色的下衣。愁肠百转心千结，何时才能忘掉这忧伤？绿丝线啊绿丝线，是你亲手来缝制。我思念亡故的贤妻，使我平时少过失。细葛布啊粗葛布，夏天的衣裳在秋天穿上，自然觉得冷。我思念我的亡妻，实在体贴我的心。

"我们都是红尘中人，一定承受着尘世之苦。"19世纪法国伟大作家巴尔扎克说过这样的话，大概是岁月在任何人脸上都会留下年轮，感情在任何东西上面都会留下痕迹，红尘眷恋，任何人都无法超脱尘世之苦，一是得不到之苦，二是已失去之苦。

在《绿衣》中，一个刚刚从深深的悲痛中摆脱出来的男人，看到故去之人所制作的东西，便又唤起刚刚抑制住的情感，重新陷入悲痛之中。是啊，衣在如新，人却不知何处去了，怎么能不悲怆啜泣？

很多的时候，爱人要是离去之后并没有留下什么东西，或许时间就会治好曾经的伤痛。但是感情丰富的人们偏偏不肯放手，只要是爱人曾经用过的东西，都珍爱如生命。即使有意去舍弃，但最终还是珍存下来不少旧物，因为里边有太多美好的记忆。

失去所爱的人，再没有一点怀念之物，那人生还有什么可想的？而睹物使人伤感，悼亡更令人悲痛欲绝。谁都明白人死不可复生，正如死亡本身是人生无法超越的大限一样。然而，死者生前留下的一切，在活着的人心里是那么清晰，那么深刻，那么刻骨铭心，以至于让人无论如何也无法相信已经阴阳相隔的事实，让活着的人捶胸顿足，痛心疾首。

女人失去丈夫后感性的居多。孟姜女失去丈夫,她的眼泪都能够摧毁长城;许仙被法海囚禁后,白娘子可以发下誓言让雷峰塔倒西湖水干。《诗经》中有一首《唐风·葛生》就是女子哭悼亡夫的诗:

葛生蒙楚,蔹蔓于野。予美亡此。谁与?独处!
葛生蒙棘,蔹蔓于域。予美亡此。谁与?独息!
角枕粲兮,锦衾烂兮。予美亡此。谁与?独旦!
夏之日,冬之夜。百岁之后,归于其居!
冬之夜,夏之日。百岁之后,归于其室!

这是女子内心的独白,读起来十分沉重。在荒凉的墓地,她悲恸地悼念亡夫,茫茫大地上野葛遮盖了一层又一层,那野草下面隐藏着的,是一个多么让人伤痛的现实啊!

自己一生唯一爱着的丈夫,就长眠在野草之下。往后的日子是多么难熬,自己将与悲伤同行,只有等到百年之后,同眠地下,才是最后的归宿与解脱。

但愿每天都是夏天,但愿每夜都是冬夜,这样才能尽快熬到百年的尽头,尽早和地下的丈夫聚首。

这是女性的悼亡之作,凄凄低语,对于女人们而言无可非议,而男性创作的悼亡诗更叫人印象深刻。也许正因为男人给世人的印象是一贯坚强的,当真正的悲伤流露之时,无法把控,一发不可收拾,更让人震惊。这种真真切切的情意,更加重了分量。

《绿衣》中的男人正是如此。先秦之时的社会就是男尊女卑的社会,女人卑微依附,而男子则是顶天立地,可是在《绿衣》中,一位深情的男子就这样出人意料地流露出对亡妻的怀念之情。抱着旧衣服痛哭,也许他也想过自己这样会惹人耻笑,但是压抑着自己的真实情感不是他想要的，他也做不到。妻子离去后，他觉得他的人生已不再完整。

人们常说"人生得一知己足矣"，有知己的人生才是完整的。而如今懂自己的妻子已经故去，怀念有什么不可以？伤心痛苦也是人之常情。

纳兰容若在怀念亡妻卢氏的词《浣溪沙》中是这样写的："谁念西风独自凉，萧萧黄叶闭疏窗。沉思往事立残阳。　被酒莫惊春睡重，赌书消得泼茶香。当时只道是寻常。"深秋的时节，萧萧西风中，一起走过岁月的那个人离去了，以为是暂时离开，而当酒醒之时，曾经的幸福真的被如今的残酷替代。当年看似寻常之事，如今却已不能够再现。

这是纳兰容若的心声，物是人非，阻隔了一生的相见。

有情人不能相伴到老，人生过半，痛失爱侣，这种巨大的哀痛宋代大词人苏轼也经历过，并因此发出了"十年生死两茫茫，不思量，自难忘。千里孤坟，无处话凄凉"的无尽伤感的喟叹。

明代散文家归有光也经历过，他在《项脊轩志》中写下"庭有枇杷树，吾妻死之年所手植也，今已亭亭如盖矣"。这该是怎样的心情？昨日夫妻举案齐眉，今日就被上天拆散，生死离别，往后的日子还怎么度过？

所以革命志士林觉民的《与妻书》有这样的深情表白：与使吾先死也，无宁汝先吾而死。……吾之意盖谓以汝之弱，必不能禁失吾之悲，吾先死留苦与汝，吾心不忍，故宁请汝先死，吾担悲也。

一样的死别，还有死别之后的不能相忘，背后都有着无法言说的痛。这些都是继承《绿衣》而来，因为它触动了古今所有男人内心深处的脆弱一环。《绿衣》这首男子手捧亡妻亲手缝制的衣服吟出的诗歌，连同潘岳的"帏屏无仿佛，翰墨有余迹。流芳未及歇，遗挂犹在壁"，元稹的"衣裳已施行看尽，针线犹存未忍开"，他们一起陷入悲痛之中，饱含着深深的怀念之情，诉说着难以言传的痛楚。

我们都明了，所有的美人终究会慢慢变老，慢慢逝去。没有我的灵明，谁去仰他凌云山高？没有我的灵明，谁能睹她美眷如花？只要心心相印就好，只要还能记着相处时彼此那破颜一笑的刹那。爱情让人刻骨铭心，一方的缺场不能让爱消失，因为它已成为印痕，永驻心房。或是尘封的记忆，或是鲜活的伤口，微动，就会隐隐作痛。虽不能长相厮守，却为远在世界另一边的他留下最深最深的记忆。正如张爱玲所言："我想表达出爱情的万转千回，完全幻灭了之后也还有点什么东西在。"

爱，有时是一种纪念、一声轻叹，面对逝去的爱人从此阴阳两隔，任你刚强如斯，这时也不得不卸下伪装，恸哭一场，寄托哀思。

这让人记起了一首异域悼亡诗，17世纪英国诗人约翰·弥尔顿的《列西达斯》：

> 我再一次来，月桂树啊，
> 棕色的番石榴和常青藤的绿叶啊，
> 在成熟之前，来强摘你们的果子，
> 我不得已伸出我这粗鲁的手指，
> 来震落你们这些嫩黄的叶子。
> 因为亲友的惨遇，痛苦的重压，
> 迫使我前来扰乱你们正茂的年华；
> 列西达斯死了，死于峥嵘岁月，
> 年轻的列西达斯，从未离开过本家。

一样的生死离别，一样的悼念不止。多少红尘深景，都恍如隔世花影。这么多年了，关于你的一切都已经成为我的旧事。旧事在时光的流转中慢慢苍白，白衣苍狗，而我还是不能把你忘记。

多少红尘深景,都恍如隔世花影。这么多年了,关于他的一切都已经成为她的旧事。旧事在时光的流转中慢慢苍白,白衣苍狗,而她还是不能把他忘记。

回首往事,内心深处念念不忘她——《邶风·绿衣》

故去的爱人居住在内心最富饶的地方，居住在内心最柔软的地方，睹物思人，诗人写下这首诗，也许是想让痛苦得到暂时的释放。一个人的夜里，外面又下着雨，怎能不想她？

邶风·燕燕

燕燕于飞,差池其羽。之子于归,远送于野。瞻望弗及,泣涕如雨。

燕燕于飞,颉之颃之。之子于归,远于将之。瞻望弗及,伫立以泣。

燕燕于飞,下上其音。之子于归,远送于南。瞻望弗及,实劳我心。

仲氏任只,其心塞渊。终温且惠,淑慎其身。先君之思,以勖寡人。

离别时刻请放手
——《邶风·燕燕》

相爱容易相处难，真爱却不能够在一起，离别的故事自古就在演绎着不同的版本，而最早的要数《诗经》中的《邶风·燕燕》了。

燕燕于飞，差池其羽。之子于归，远送于野。瞻望弗及，泣涕如雨。

燕燕于飞，颉之颃之。之子于归，远于将之。瞻望弗及，伫立以泣。

燕燕于飞，下上其音。之子于归，远送于南。瞻望弗及，实劳我心。

仲氏任只，其心塞渊。终温且惠，淑慎其身。先君之思，以勖寡人。

在这个时空里，千年前的别离被凝滞，分别是那样沉重，重得令时光都无法背负。尚未离开，思念便如那盛放的桃花，漫上心头。

送别的意境，使得《燕燕》成为一首著名的惜别诗，至于诗中到底谁送谁历来争议颇多，《毛诗序》《诗经原始》等都认为是卫国庄姜送归妾，庄姜是春秋时齐国的公主，卫庄公的夫人。国学大师高亨先生认为是年轻的卫君迫于当时的舆论环境，不能与心爱的女子结婚，在她出嫁时去送她，于是就有了这首诗。

其实以诗歌而言，表达送别之情的诗歌数不胜数，其中许多情景为人所赞叹，但是《燕燕》一诗，在极其淡雅的风韵中流露出浓烈的惜别之情，却又不使人感到艳俗，反而会沉浸在美好而忧伤的意境中，看着男女主人公在温暖的春日下，依依不舍地分离。

燕子在天空之上，舒展着翅膀飞翔。你今天要远嫁，我送到郊野的路旁。踮脚都看不见人影了，眼泪掉落好像下雨一样。燕子在天空之上，忽下忽上。你今天要远嫁，送你不嫌路长。踮脚都看不见人影了，我伫立着泪流满面。燕子在天空之上，鸣叫的声音呢喃而低昂。你今天要远嫁，我送你到城南。踮脚都看不见人影了，实在痛心悲伤。小妹你诚信稳当，思虑切实深长。温和而又恭顺，为人谨慎善良。常常想到已经故去的先人，叮咛响在我的耳旁。

这种透明如水的心境犹如午夜梦回的窗外繁星，闪闪烁烁，冰清玉洁，或许人生，就是这样爱一个人，再用一生去等待这份爱。诗歌意境简单明了，语句如同断章一样简单，只是在这寥寥数语中，可以令后人读出偌大的意象。

"燕燕于飞，差池其羽。"一幅意境图就出现了：阳春三月，双燕翩翩飞舞，上下左右，呢喃鸣唱，然而诗人的用意并不是描绘一幅春燕双飞图，而是以燕燕双飞的自由欢畅来反衬离别的愁苦哀伤。美好

第二章 分离：也曾惊艳了年华

黄昏时刻，暮色四起，分别是那样沉重，重得令时光都无法背负。尚未离开，思念便如那盛放的桃花，漫上心头。

的春光中，我却为你送行，真是舍不得，不知不觉中"远送于野""远送于南"，送你到城南的郊野，直到你的身影消失在我视野之中，等我踮着脚也望不见你了，我的泪水再也控制不住流了下来。再也看不见你，只剩下我一个人留在这春天的郊野之中。

张晓风的散文《两岸》中描述了截然不同的意境："如两岸——只因我们之间恒流着一条莽莽苍苍的河。我们太爱那条河，太爱太爱，以至竟然把自己站成了岸。……我向你泅去，我正遇见你，向我泅来——以同样柔和的柳条。"

《两岸》中的主人公"在河心相遇，我们的千丝万绪秘密地牵起手来，在河底"，他们想要在一起，并千方百计努力促成相守。与之对比，《燕燕》中的主人公只是选择了无奈的放手，也许经过了很多的努力，只是诗中没有表达出来。类似的还有一首脍炙人口的《长恨歌》。在白居易的这首长诗中，唐明皇与杨玉环恩爱，不过逼不得已在马嵬坡赐死杨玉环，之后，又因耐不住思念，派遣方士李少君四处寻找杨玉环的灵魂。可是天界、地府都找不见。后来在东海之滨，仙山之上有许多楼阁，其中有一处门匾上写着"玉妃太真院"，才找到了杨玉环。杨玉环也是难忘旧情，又与唐明皇私约来生之事："在天愿作比翼鸟，在地愿为连理枝。"

唐明皇李隆基年过半百遇到杨玉环，两人情投意合，恩爱有加。她不把他当作一代帝王，呼其为"三郎"；他也视她为红颜知己，三千宠爱集于一身。爱得真切，生死如一。不过即使爱之深、情之切又能如何？真爱大多不能够在一起。世间的爱也许就是如此，世事无常，造化弄人，最终只能无奈地放手。

正如《燕燕》这首诗中男子所咏的：我多想和你相守到老，不离不弃，但是现实是我得亲自送你离去，内心怎能不悲痛？怎能不泪流满面？以后的日子，我还要怎么过下去？想和你说的话那么多，现在要如何说出口？爱情没来的时候，我们渴望得到一场真爱，刻骨铭心，可是，当爱真的不期而遇，真正地生活在一起，却发现已经要失去了，已经错过了最美好的时光。爱一个人，不能够在一起，对双方来说，都是一场"实劳我心"的劫难。

燕子的翅膀飞翔的时候在天空留下痕迹，送别的人却看到那无法与心爱之人偕老的忧伤。爱一个人，眼下却只能放她离开，最后只剩下燕子陪伴送别之人流泪。《燕燕》流传之后，这句"瞻望弗及，伫立以泣"也就成了表现惜别的原始意象，反复出现在历代送别诗歌中。南宋末谢翱的《秋社寄山中故人》最为传神而有名："燕子来时人送客，不堪离别泪沾衣。如今为客秋风里，更向人家送燕归。"

从上古到现在，中间横亘了千年万年的时光，然而，有些情愫是始终未能改变的。今时今日，依然有多少忍受着离别之苦的人们，对着长空浩叹心中的空虚。

卫风·伯兮

伯兮朅兮,邦之桀兮。伯也执殳,为王前驱。

自伯之东,首如飞蓬。岂无膏沐?谁适为容!

其雨其雨,杲杲出日。愿言思伯,甘心首疾。

焉得谖草?言树之背。愿言思伯,使我心痗。

黯然销魂者，首如飞蓬
——《卫风·伯兮》

古代夫妻离别，一个闺中独守，思念期盼；一个远在天涯，死生未卜。在断了联系的时空中他们用炽热真挚的情感演绎着一首又一首执着而又悲伤的爱情恋歌。比如唐代温庭筠的《望江南》：

梳洗罢，独倚望江楼。过尽千帆皆不是，斜晖脉脉水悠悠。断肠白蘋洲。

女子梳洗过后，登楼远眺，盼望归人，小船一只只过去了，就是不见自己的心上人，到最后只能肠断江边，词作中盘旋着一股无名的愁闷。更有甚者，达到不梳洗的境界，比如《诗经·卫风·伯兮》中的"自伯之东,首如飞蓬"。

> 伯兮朅兮,邦之桀兮。伯也执殳,为王前驱。
> 自伯之东,首如飞蓬。岂无膏沐?谁适为容!
> 其雨其雨,杲杲出日。愿言思伯,甘心首疾。
> 焉得谖草?言树之背。愿言思伯,使我心痗。

我的大哥,你真是我们国家最魁梧英勇的壮士,手持长殳,做了大王的前锋。自从你随着东征的队伍离家,我的头发散乱如飞蓬,更没有心思擦脂抹粉——我打扮好了给谁看啊?天要下雨就下雨,可偏偏又出了太阳,事与愿违不去管。我只情愿想你想得头疼。哪儿去找忘忧草,能够消除掉记忆的痛苦?它就种在树荫之下。一心想着我的大哥,使我心伤使我痛。

战争残酷,会破坏掉很多东西,导致双方伤亡惨重,生民流离,但它首先破坏的就是军人的家庭生活。军人出征,还没有走到战场,他们的妻子就被抛置,成为弃妇,处于孤独与恐惧之中。不过,《诗经》中众多的弃妇诗,也只有《卫风·伯兮》中的这句"自伯之东,首如飞蓬"最简练、最形象。意思是说,自从丈夫出征了之后,我的头发,就如飞蓬一样乱糟糟,并不是我没有时间去打理,而是我懒得去收拾,即使我打扮得漂漂亮亮的,又给谁看呢?一语道破了"女为悦己者容"的心思。你不在身边,谁适为容!

《战国策·赵策一》中有"士为知己者死,女为悦己者容"的句子,说当时侠士之风盛行,士可以为欣赏自己的人卖命,而女性也只为喜爱自己的人修饰妆容。如杜甫《新婚别》中,面对即将远征的丈夫,新娘表示"自嗟贫家女,久致罗襦裳。罗襦不复施,对君洗红妆",我只对你化妆描眉,展现美容。

自古以来女人爱美,而《伯兮》中这名女子如今却懒得梳妆,蓬

第二章 分离：也曾惊艳了年华

伤别离，一个闺中独守，思念期盼；一个远在天涯，死生未卜。在断了联系的时空中他们用炽热真挚的情感演绎着一首又一首执着而又悲伤的爱情恋歌。

头垢面坐着等待，等待她心目中那个威武健壮的"为王前驱"的夫君归来。然而思念的日子实在不好过，想他想得头也痛心也病，真想得到一棵忘忧草把他忘却。尽管痛苦难忍，但是还是有点想念的好，想着他，也许生活还有些盼头与希望，心甘情愿地想念着，承受着煎熬，"愿言思伯，甘心首疾"，必要的时候甚至连性命都可以交付。

也许他们是新婚夫妇，上战场前他还为她描眉，然后在云鬓旁别上几朵小花，娇羞脸庞，顿时生辉。这是她所盼望的现世安稳。哪知道，残酷的战事却把心爱的丈夫拉到生死未卜的战场。战场上，短兵相接，朝不保夕，自己在日日夜夜不安之中，肝肠寸断。天下女子所希望的也就是那现世安稳与岁月静好，有爱人，还可以被爱，长相厮守，直到生命的尽头，这就是人生的完满。往往，天意弄人，连这仅有的一点美好都不成全，道不尽的离合，唱不完的悲欢。

"黯然销魂者，唯别而已矣。"确实，离别有时候就如一把钩子，那一瞬间，整个人的心好像被钩子钩碎，更痛心的是斯人已去，你就只能抱着那已经随他远去的不再完整的心，默默承受着这苦痛。翘首企盼，不知道能否等到那个人的归来，怕是要等到飞蓬凋谢、生命尾声了。

说到诗中的植物——飞蓬，它作为乡野间俯拾皆是的一种荒草，没有什么特别之处，它的根甚浅，叶落枝枯后，极易从近根处折断，飘摇不定，遇风则四处飘落，这也是它得名的一个原因。这样一种微不足道的植物，出现在《伯兮》里，就有别的意味了。"首如飞蓬"，不过是一种表象，弃妇的思念，才真正如风中飞蓬，早随夫君上前线走天涯。而她的夫君，又何尝不是一棵飞蓬，他的生命飘摇在战争这场"大风"中，怎么可能回得来呢？如此，她哪还会有心情打扮自己。

知道了这些，再去读《伯兮》这首诗，才能真正理解诗中所描写的女子期待、失望和难以排解的痛苦。她甚至希望自己能够"忘忧"，因为这"忧"已经使她不堪重负了。

"飞蓬各自远,且尽手中杯!"诗仙李白曾这样对诗圣杜甫说,明知道世事难料,二人都似飞蓬在空中旋转飘落,不知道是否还会相见,且干了这杯中酒吧!尽管《伯兮》中的女子没有饮酒赋诗,但她自此不打扮的行为比起二位大诗人更多了几丝悲伤。

第三章

相守：如今温柔了时光

邶风·静女

静女其姝,俟我于城隅。爱而不见,搔首踟蹰。

静女其娈,贻我彤管。彤管有炜,说怿女美。

自牧归荑,洵美且异。匪女之为美,美人之贻。

搔首踟蹰等来爱
——《邶风·静女》

唐代诗人韩偓有诗《闺情》写女子在闺房里期许与等待的那份静雅：

　　轻风的砾动帘钩，宿酒初醒懒卸头。
　　但觉夜深花有露，不知人静月当楼。
　　何郎烛暗谁能咏？韩寿香焦亦任偷。
　　敲折玉钗歌转咽，一声声入两眉愁。

夜里，轻风吹进卧室，帘钩轻动，懒得卸去头上饰品，坐在那里发愣，任时间一点点流逝。这是一种女子的等待。

初堕入爱河的男女间，总有一根丝弦相牵。它微妙脆弱，尚不知风从何来，心湖便已荡起无数涟漪；犹如台湾诗人洛夫那句著名的"我向池心，轻轻扔过去一粒石子，你的脸，便哗然红了起来"。他的内心充满着焦虑。

相对于女子，男人的等待似乎充满了焦急——"爱而不见，搔首踟蹰"。

> 静女其姝，俟我于城隅。爱而不见，搔首踟蹰。
> 静女其娈，贻我彤管。彤管有炜，说怿女美。
> 自牧归荑，洵美且异。匪女之为美，美人之贻。

这是《邶风·静女》中男子的等待。就在两千多年前的一天，阳光四溢，万物生长，花朵绽放，鸟雀歌唱。就在这样的良辰美景之中，男子徘徊徜徉，他却没有心思来观赏倾听，而是四处张望，之前他急急如火来到心上人定下的约会地方，生怕自己迟到。心爱的姑娘在哪儿？怎么看不见？

心怦怦直跳，盼望着她早点出现，看她美丽的容颜，胜过花朵千万倍，听她清脆的声音，倾诉满心的爱怜。可现实让他着急，他抓耳挠腮，徘徊辗转，依然不见心上人的身影。一个静女，幽雅娴静的女子，迟迟不肯出场。

这样一个美丽的女子给人想象的空间，她应该是心地善良单纯，而且聪明伶俐。此刻，这个俏皮的姑娘也许就藏在附近，望着束手无策的小伙儿掩着嘴儿偷偷地笑，想要看看男子的表现到底如何。

女人在大多数情况下确实喜欢在约会时故意迟到或藏起来，让男方等待，这是一个有趣味的现象，在心理学上也是有渊源的，是恋爱女性的本能在作怪。她这样做不是对他怀有恶意，更不是要弃他而去，她姗姗来迟，有意躲藏，看到对方的那种焦虑不安、备受痛苦折磨的情状，内心反而会充满快乐。你看，对方为自己付出，多么在乎自己。

而男方约会迟到往往会给女方带来很多的困扰,有时候会因为一次迟到而功亏一篑。元代有一首《寄生草·相思》的曲子就表达了女子对迟到的男子的埋怨:"有几句知心话,本待要诉与他。对神前剪下青丝发,背爷娘暗约在湖山下,冷清清湿透凌波袜,恰相逢和我意儿差,不剌,你不来时还我香罗帕!"意思就是说:本想告诉你几句我的真心话,我还对着神像剪下头发,表明心迹,背着爹娘来湖边和你约会,谁知道让我等你等得鞋袜都湿透了,还没有见人来,快点把我送你的香罗帕还给我吧!

等待是一种煎熬,等待也是一种幸福,因为高潮总在焦急的等待中出现:"自牧归荑,洵美且异。"男子的等待没有白费,在后来得到意外的收获,女子出场的时候,手中执一根白茅草,送给了男子,白茅草在阳光的照射下闪烁着光泽。

"匪女之为美,美人之贻。"并不是因为白茅草离奇,它只是一种普通的草,在大千世界里,它随处可见;然而在爱情的世界里,它是珍贵的,因为它是心仪的姑娘亲手采摘,送给自己的物品。物微而意深。一如后世南朝宋陆凯《赠范晔诗》的"江南无所有,聊赠一枝春",赠送什么并不重要,重要的是感情。

山好,水美,花香,流连于风景中,只因这里,你才是最美的一笔。更何况现在这白茅草上还带着姑娘的芳香与体温。最珍贵的东西,总是爱人给予的。这些礼物,尽管极其普通,却是甜蜜与温馨的,经过了爱人的手递送到你的手里时,这礼物便不再普通,伴随着对方的笑容顿时让自己的世界生彩。这种馈赠也成为我们表达爱意的最简单、最直白的方法。

世界就是这样神奇,自我们先祖时期就是如此,内心所喜欢之人的东西,最平常,却最为熠熠生辉。现在这支彤管就有些定情物的意味了,也就意味着男子最终抱得美人归。这都是经过"搔首踟蹰"等待得到的。就在这样一个春天的上午,一切都透出美好的意味:女子

搔首踟蹰等来爱——《邶风·静女》

山好，水美，花香，流连于风景中，只因这里，你才是最美的一笔。

是美的,男子也是美的;阳光是美的,植物也是美的;白茅草是美的,爱情也是美的。两个可爱的人约会成功,天地间就洋溢着欢乐气氛。

如今,时代变了,表达爱情的方式也变了,在各种光怪陆离的方式中,多少人迷失了方向,而《诗经》中那着急等待与馈赠茅草的甜蜜爱情,永远是那么美丽!娴静姑娘真娇艳,送我一支小彤管。彤管鲜明有光彩,爱她姑娘好容颜……

亲爱的,你有多久没有这种闲雅的心境了?

郑风·缁衣

缁衣之宜兮,敝予又改为兮。适子之馆兮,还予授子之粲兮。

缁衣之好兮,敝予又改造兮。适子之馆兮,还予授子之粲兮。

缁衣之席兮,敝予又改作兮。适子之馆兮,还予授子之粲兮。

第三章 相守：如今温柔了时光

时光匆匆，我这段情还能还给你
——《郑风·缁衣》

以前我看《红楼梦》的时候注意惜春比较多，《红楼梦》中曹雪芹对她前生今世的诗词小结是："勘破三春景不长，缁衣顿改昔年妆。可怜绣户侯门女，独卧青灯古佛旁。"

缁衣就是黑颜色的衣服，她穿一身黑色尼姑服，孤独而终。

《红楼梦》里说惜春是宁国府贾珍的胞妹，他们的父亲贾敬嗜好佛事，在书中对她这个唯一的女儿似乎从没有什么关照的体现。而贾珍本该是对自己的妹妹关爱有加，怎奈他自己就是个因为没有父母管教而一意胡为的人，常常做出一些因贪恋女色而为众人所不齿的事情。惜春这个几乎无依无靠的女子，正所谓《红楼梦》中"无可奈何"之一人也，到最后穿着缁衣，"独卧青灯古佛旁"。

缁衣，这黑色的衣服，最初是古代卿大夫到官署所穿的官服。《诗经·郑风·缁衣》是最早出现官服的诗歌。

  缁衣之宜兮，敝予又改为兮。适子之馆兮，还予授子之粲兮。
  缁衣之好兮，敝予又改造兮。适子之馆兮，还予授子之粲兮。
  缁衣之席兮，敝予又改作兮。适子之馆兮，还予授子之粲兮。

"敝"是"破旧；破烂；衰败"的意思；粲是"新衣鲜艳明亮"的意思。这首诗表达了妻子对丈夫的关心。衣服破了我给你缝补，你出去办事回来后我给你添置新衣服。在这日常生活的小细节中，用了"宜""好""席"，一唱三叹，温情脉脉，展现在我们眼前。

历来的名家并不是这样认为的，唐代史学家司马贞在《史记索隐》的《郑世家》中用大量的篇幅得出自己的结论："厉王之子，得封于郑。代职司徒，《缁衣》在咏。"宋代大儒朱熹在《诗集传》中继续支持说："旧说，郑桓公、武公，相继为周司徒，善于其职，周人爱之，故作是诗。"

朱老先生惹一身非议很大程度上与他评《诗经》的观点有关。先秦那个时代太过遥远，我们几乎触不到那个时代的印痕，仔细玩味这首诗，会充分感受到有一种温馨的亲情洋溢其间，因此，与其说这是一首描写国君与臣下关系的诗，还不如说这是一首写家庭亲情的赠衣诗。后世繁盛的赠衣诗也多是从《缁衣》中汲取营养。

唐代女诗人晁采的《子夜歌》赠衣物的情怀真实动人："轻巾手自制，颜色烂含桃。先怀侬袖里，然后约郎腰。"意思是说：我亲手为你缝制的这条轻盈的丝巾，颜色灿烂得像鲜红的桃花。我把它先放进我的衣袖里，然后再送给你用来束扎你的腰身。

元代文人姚燧的《寄征衣》欲说还羞："欲寄君衣君不还，不寄君衣君又寒。寄与不寄间，妾身千万难。"喜欢一个人，想对他好，却又怕他变心，辜负了我的一片真心，但又不忍看他受冻。是寄还是不寄呢？

> 时光匆匆，我这段情还能还给你——《郑风·缁衣》

我徘徊又徘徊。最后恐怕还是寄出去了。

蒲松龄的《聊斋志异》中的名篇《翩翩》中用树叶制衣给男子穿。陕西人罗子浮花天酒地,将家业挥霍一空,最终身染疥疮,流落街头。在山寺里借住,偶遇仙女翩翩。"乃取大叶类芭蕉,剪缀作衣",最后翩翩以身相许。在翩翩的影响下,罗子浮成了一个有家庭责任心的人。

赠衣的方式虽不同,体现出的真情却没有太多的不同。茫茫人世,最喜欢的就是你,我所有的深情都在这衣服里边。许我一件衣,还你一段情;许我一段时光,赠你一场春暖花开。东汉文学家张衡《四愁诗》中吟唱着心声:

> 我所思兮在雁门,欲往从之雪雰雰。侧身北望涕沾巾。美人赠我锦绣段,何以报之青玉案。

我的心上人在雁门啊,我想去找她,被大雪所阻,侧身向北望去,用手巾擦眼泪,美人送我成幅的锦缎,我想回报她青玉的小盘。

《四愁诗》压轴的句子随后登场:"路远莫致倚增叹,何为怀忧心烦惋。"道出了愁的缘故。路远不能送达,只能一再叹息,内心对你充满了向往,只是背后是乌海茫茫,时光匆匆,我这段情还能还给你吗?

古诗源远流长代代相传的一个重要因素就是意犹未尽,《缁衣》中"适子之馆兮,还予授子之粲兮",丈夫归来妻子是否给他缝制了新衣服诗中没有说,我们不知道;张衡《四愁诗》中青玉案送到了没有诗中没有说,我们不知道。

这样说来,《缁衣》诗中倒是传达出一种惆怅:"衣服破了,我再为你做一袭。你到馆舍去办事,回来送你新衣裳。"这只是妻子一厢情愿的想法,一种期盼,总有人风花雪月,总有人不解风情。要是去官署的卿大夫听到了妻子的歌声,兴许会早点回家,穿上妻子新缝制的衣裳,在有限的生命中,日日陪伴。

时光匆匆，我这段情还能还给你——《郑风·缁衣》

茫茫人世，最喜欢的就是你，我所有的深情都在这衣服里边。许我一件衣，还你一段情；许我一段时光，赠你一场春暖花开。

的确，岁月无情，诗仙李白就说："光阴者，百代之过客也。而浮生若梦，为欢几何？"光阴是古往今来的过客，日月如那梭子一样，我们注定抓它不住。旭日一转身变成夕阳，青丝一转身变成白发……等一等，等一等，这变幻的人生中，温情脉脉的日子并不多。

　　解读了《缁衣》这么多，现在再去看《红楼梦》，所谓"惜春"未必只是一个人的名字，更多的恐怕是曹雪芹的一种寄托吧，一种对过去温情的挽留吧。其实在贾家第一次被抄家前夕，惜春先知先觉，就出家为尼，"缁衣顿改昔年妆"。从惜春的角度看，多少红尘深景，都恍如隔世花影。贾家的那些功名利禄，那些红火繁荣，已成过往云烟。而我们的大文豪曹雪芹只不过在借惜春借贾家来回忆自己的过往的那些温情的场景罢了。

周南·卷耳

采采卷耳,不盈顷筐。嗟我怀人,置彼周行。

陟彼崔嵬,我马虺隤。我姑酌彼金罍,维以不永怀。

陟彼高冈,我马玄黄。我姑酌彼兕觥,维以不永伤。

陟彼砠矣,我马瘏矣。我仆痡矣,云何吁矣!

千山万水之后，我还在这里
——《周南·卷耳》

第三章 相守：如今温柔了时光

无论过去、现在，还是将来，爱情都会是人生的重要主题之一。而在这一主题中，最让人感到费尽思量却又无可奈何的便是"相思"了。从古至今，不知有多少文人墨客都对"相思"作了淋漓尽致的描写。

红豆生南国，春来发几枝。
愿君多采撷，此物最相思。

这是诗人王维的感叹。圆润的红豆，寄托着爱人间的牵挂与思念。希望心爱的你多多采撷，随身携带，仿佛我就在你身旁。诗人明知自此山高水长，归来无期，明知相思于事无补，等待徒劳，却依然依依不舍，频频告白，写下名垂千古的《相思》一诗，这其中的相思之情由此可见一斑。

有情人在别离的刹那，"情"便开始发挥着作用，它驱使着坠入爱河的男女互相思念着对方。而一枚小小的红豆就将思念的人连在一起，虽远在关山之外，但双方依然全情投入。古人的相思，着实令人感佩。而这苦苦的思念也见证了爱情的忠贞。

相思相守之情，只有深陷爱河的人才能深刻体会到其中的滋味。心有灵犀一点通，当你思念我的时候，我也在思念着你。千山万水，我依然知道你就在这里。《周南·卷耳》中的男女主人公就是怀着这样的心境吧。

> 采采卷耳，不盈顷筐。嗟我怀人，置彼周行。
> 陟彼崔嵬，我马虺隤。我姑酌彼金罍，维以不永怀。
> 陟彼高冈，我马玄黄。我姑酌彼兕觥，维以不永伤。
> 陟彼砠矣，我马瘏矣。我仆痡矣，云何吁矣！

虺隤，马疲劳生病；金罍，贵族所用的青铜酒器；兕觥，用犀角制成的酒器；瘏，患病；痡，疲困不堪。两千多年前的某个春日，一个神情忧伤的女子正在采摘卷耳菜，每每弯腰摘过一叶，就会起身呆立良久。尽管山野之间卷耳茂盛，可她采呀采呀，半天了还没采满一筐，只因太思念丈夫了，哪还有心思采呀？再也按捺不住内心的思念，索性将菜筐丢在大路旁，对着远方，呼唤起丈夫的名字来。而丈夫也正想念着妻子，因相思成灾还喝得烂醉。此刻，他正奔忙在远方的路上，可惜道路险阻，马儿劳顿，仆人也累倒了……我是多么思念你。

丈夫被一纸征书调到离家很远的地方戍守，刚刚离去，更不知道什么时候会回来。士为知己者死，女为悦己者容。李清照的《浣溪沙》一词中就有表达："髻子伤春慵更梳，晚风庭院落梅初，淡云来往月疏疏。"

女子被某种感情折磨得无情无绪，只随意地挽起发髻懒得去梳理。采卷耳的女子心爱的丈夫走了，她神情恍惚、心不在焉，终究采不满浅筐。

卷耳也如同《诗经》中提到的其他千千万万种植物一样，本来普通到在山间田头随处可见，并不出众，甚至连牛羊都很少碰它，只是因为诗人的含情脉脉才表述成为有情之物——卷耳漫山遍野，相思也不断蔓延。眼下还有什么重要的？剩下的只有思念了。

思念一个人，是一种幸福还是忧愁？也许二者都有，相爱的人给予对方幸福，却又因不得不分开，无法厮守，于是忧愁顿生。"明月高楼休独倚，酒入愁肠，化作相思泪""不耐相思酒消愁"，这类的诗词多而又多，可现实又得让双方现实起来，心有所属，人生淡定，尽管相隔千里，相思却能翻越千山万水到达对方身边，执手相看，幸福不曾离开。在古时候，这种思念甚至可以让人为爱赴汤蹈火，付出生命。

就如历史上著名的秦淮名妓董小宛送别冒辟疆，从苏州吴县北上相送，她一直随船送到镇江北固山，这是辛弃疾吟诵过的北固山。辛弃疾曾在此登高怀古，发出"千古兴亡多少事？悠悠。不尽长江滚滚流"的感慨。而董小宛在这里为冒公子流尽了眼泪，冒辟疆在这里为董小宛用西洋布制作衣服穿上，病弱的她穿上后坚持不换衣不添衣，即使到了深冬时分，寒风瑟瑟之中。她说，如果心爱之人负心她宁愿被冻死。事实也让她欣慰，冒辟疆也同样在思念着董小宛。

当你在思念我，请相信，我也在思念你。

同样，《卷耳》中的女子思念如潮水把她淹没的同时，那个她日思夜想的人，也在想着她——自己心爱的妻子。他艰难地走在征途古道上。那场景可以用得上"悲怆"二字。山间，疲乏，仆夫病倒，马儿也将要倒下，男子姑且喝尽杯中之酒，来消解难耐的思念，我的家，越走越远，长路漫漫，该怎么办？要是这杯中之酒不能够浇灭灼人的思念，那么真的想换上更大的犀角巨觥,因为这悲怆铺天盖地而来,这永怀之伤,无以释怀!

这次第,怎一个愁字了得!

采着卷耳的女子,走在途中的男子,他们虽然相隔千里,但心有灵犀一点通。在我思念你之际,你的心头也就隐约有所触动。爱让彼此的心变得很近,很近。

曾有一句很流行的话是这样说的:世界上最遥远的距离不是生与死,而是我站在你面前你却不知道我爱你。爱情近在咫尺又远在天涯,只因为隔着一层薄膜。若两人真是相亲相爱,纵然相隔万里,只要伸手依然可以触摸到对方的脸,能感觉到对方的存在,生与死的界限在这对痴情男女的执着面前便消失无踪。

历史向前推进,留下许多像《卷耳》一样感人至深的故事。与董小宛几乎同一时期,才高八斗的钱谦益与才貌双全的柳如是的一次对话更是留下无限韵味。二人相拥,柳如是撒娇地问:"夫君,你爱我什么?"钱谦益不愧才高八斗,望下妻子脱口而出:"我爱你黑的发,白的脸。"然后,他也问了柳如是同样的问题:"你爱我什么呢?"这位聪慧的女子望着比自己大三十六岁的丈夫,于是说:"我爱你白的发,黑的脸。"是的,此时的钱谦益已经鬓角斑白。二人相对笑起来,然后拥抱在一起。一句朴实无华的话,在这里让无数人感动,在感动之余又滋生出对爱情的向往与不舍之情,相思之感顿生。

对于现代人来说,信息过于发达,相思那么容易说出口,悠远的相思只是说给自己的遁词,有点可笑,一如手边的纯净水,看上去无色无味透明,喝下去可能有微微的苦味,或者淡淡的甜味,都只有自己知道。当我在思念你的时候,你会同样在思念着我吗?怕是已经少了心有灵犀的感觉。

张爱玲在为自己写的那篇闻名于世的散文诗《爱》里说:"于千万人之中遇见你所要遇见的人,于千万年之中,时间的无涯的荒野里,没有早一步,也没有晚一步,刚巧赶上了,那也没有别的话可说,惟有轻轻地问一声:'噢,你也在这里吗?'"心有感应或者心有灵犀又遇见,这不正说明真爱没有距离吗?

你有没有动情的相思故事?在年少的岁月里,千言万语打爆电话,用尽全部力气翻山越岭,盼望在一起,穿越人群,就看见了心中的那个人。

所以,只要爱还在,即使远隔千山万水,依然知道你在这里。你一直都不曾远离。

周南·桃夭

桃之夭夭，灼灼其华。之子于归，宜其室家。

桃之夭夭，有蕡其实。之子于归，宜其家室。

桃之夭夭，其叶蓁蓁。之子于归，宜其家人。

女子最美丽的时刻
——《周南·桃夭》

在古代，恐怕再没有比结婚热闹的事了。作家胡兰成在文章中曾说自己小时候最喜欢看人家结婚。结婚人家中，大红的"囍"字贴满了门头与桌案，红锦缎堆放在床上，点的红蜡烛也特好看。每当有人家结婚，小孩子们总是在喜庆中到处乱跑，播撒欢乐的种子。虽然人家结婚，与大多数人毫不相干，但看了这样的场面，难免心旌摇曳，对婚姻满怀憧憬，而迷漫内心的也是对新人的祝福。

一如《诗经·周南·桃夭》之中的意境之美妙：

桃之夭夭，灼灼其华。之子于归，宜其室家。
桃之夭夭，有蕡其实。之子于归，宜其家室。

> 桃之夭夭，其叶蓁蓁。之子于归，宜其家人。

《诗经》里的爱情诗很多，大约占了四分之一的数量。可《毛诗序》说《桃夭》是"后妃之所致也"。又说到后妃君王的身上，把活生生一位美丽的女子说成木乃伊。我们宁可相信《桃夭》本来就是一篇寻常女子出嫁的贺诗，而读这首诗的时候，不由自主地捂起耳朵，因为门外早已经响起了鞭炮声和小孩子们的欢呼声……

"一梳梳到尾，二梳举案齐眉，三梳儿孙满堂……"孩子们的歌声不时响起，落在院子里的桃树下，花儿正鲜艳，它们也快乐地为婚礼增添喜庆气氛。屋内呢，新娘子正在擦桃花胭脂，心儿如一活蹦乱跳的小鹿。红头巾盖上了，轿子准备好了，桃之夭夭，灼灼其华。

"夭夭"一般来说是"美丽"的意思，其实就是专门形容桃花的。"夭夭"二字的形象就像几瓣桃花绽放开来，使得如今我们在说女人如花的时候那么自然。没有人形容男人如花，要是说男人如花怕是挑战人们承受的极限，周星驰所拍电影中的如花就是生动的例证。而女人确实如花，有的女人热情似火，恰似四月奔放的杜鹃；有的女人温馨安谧，一如静静绽放的百合；有的女人知性温婉，需要静心细嗅才能品出梅花般芳香……

有位哲人说："第一个把美人比作鲜花的是天才。"那么我们的先民无疑是天才，当面对一个将要出嫁的幸福女人的时候，他们想到了花，想到了绽放的粉红桃花，在一个女子最美丽的时刻，献上了最美好的祝愿，希望她家庭和睦、早生贵子。

在春天到来的时候，桃花开了，美得灼人眼眸，芳香四溢，花蕊之中，深藏着未来的桃儿。在春意盎然的时光里，这是何种诱惑？桃其实就是一个女子，豆蔻年华，秀发被撩起来绾于头顶，婀娜的身影，有了诱人的魅力，她嫩白的脸颊也闪耀起动人的光泽。桃花鲜艳，桃儿诱人。这样一位像桃花一样美丽的女子，由不得男人不爱，他沉醉在这美丽

女子最美丽的时刻——《周南·桃夭》

第三章 相守：如今温柔了时光

桃之夭夭，灼灼其华。女子豆蔻年华，秀发被撩起来绾于头顶，嫩白的脸颊也闪耀起动人的光泽。这样一位像桃花一样美丽的女子，由不得男人不爱。

的诱惑里，在一种神秘的力量牵引下，无所畏惧、心甘情愿地去为此担起所有的风霜，成为真正的男人。

难道这不是最动人心扉的场景吗？

许多爱情诗歌都充满惘然惆怅，但是《桃夭》的欢快喜庆让人不由自主地受到感染。也许很多人对婚姻都有种恐惧心理，然而爱情最后目的的确是要步入婚礼的殿堂，不如此，便是凋落的花，飘摇的舟，没有依靠与安全感。相信每一个女子都憧憬着自己成为新娘子的那一刻，在桃花盛开的季节里，在浪漫无比的情景下，和深爱的人享受一生的美满幸福。

《诗经》中安排一个女人在她最美的时候出嫁，让要娶她的男子不惜翻山越岭，不惧迢迢前路，把自己的命运同她的拴在一起，是对美的一种交代，还是对美的一种颂扬呢？也许是二者都有吧。于是，两个年轻得只能用青春来形容的生命，在一番吹吹打打之后踏入了人生一个全新的也是未知的阶段，这一刻，没有恐惧，没有犹疑，相互期待，相亲相爱。两个似绽放桃花的生命从此纠缠、繁衍，然后慢慢老去。当岁月流逝、人届年老之时回眸，生命依然如桃花般艳美，因为他们的后代延续着他们的青春。

这样说来，在周代结婚与嫁女，《诗经》中的另一篇《采蘋》与《桃夭》构成了完整的篇幅。"于以采蘋？南涧之滨。于以采藻？于彼行潦。……"《采蘋》中说，一个女子即将出嫁，她的心里充满了期待和憧憬，但是还要按照风俗完成很多礼仪。之后选择日子出嫁，日子自然是在桃花盛开的季节，那摇曳多姿的桃枝之上，桃花似新娘的脸，鲜嫩、青春、妖娆，甚至闭上眼睛还依稀可见"绿叶成阴子满枝"的幸福日子。

我们的先民葛布粗裳，手掌皴裂如沙砾，却创造出最朴素、最简单的美好联想，桃花自此便与女人纠葛在了一起，走进后世的文人骚客的文字里，真可谓源远流长。

远的有刘晨、阮肇入天台山采药，在桃溪遇到仙女，被仙女留了下来。还有书生崔护因口渴推开一扇门，门内"人面桃花相映红"，次年他旧地重游之时，"人面不知何处去，桃花依旧笑春风"。稍近些的有孔尚任剧中的李香君的桃花扇，点点鲜血被纤手妙思幻化成了桃花的模样。还有曹雪芹笔下那伤情的黛玉手持花锄，泪雨纷飞，"桃花帘外开仍旧，帘中人比桃花瘦。花解怜人花也愁，隔帘消息风吹透"。不过，他们都没有最初《桃夭》中的吉祥幸福。

桃花盛开了，女人要出嫁了，她不一定有倾国倾城的姿色，但这一刻一定是她生命中最美丽的时刻，也只有枝头鲜艳的桃花堪比。当这桩美满的婚姻瓜熟蒂落之后，祝福吧，女子带着美好的祝福开始新的生活。从此以后，她将成为贤妻，成为慈母。

《孟子·滕文公下》中有言，"丈夫生而愿为之有室，女子生而愿为之有家"。两三千年前的婚姻的确是一道最亮丽的风景，看上去如图画一般美好。

　　三月的桃树茂盛美如画，花儿朵朵正鲜美。这位花一样的女子要出嫁，高高兴兴成了家。

　　三月的桃树茂盛美如画，果实累累结满枝。这位花一样的女子要出嫁，高高兴兴成了家。

　　三月的桃树茂盛美如画，绿叶茂盛展光华。这位花一样的女子要出嫁，欢欢喜喜一家人。

邶风·击鼓

击鼓其镗,踊跃用兵。土国城漕,我独南行。

从孙子仲,平陈与宋。不我以归,忧心有忡。

爰居爰处?爰丧其马?于以求之?于林之下。

死生契阔,与子成说。执子之手,与子偕老。

于嗟阔兮,不我活兮。于嗟洵兮,不我信兮。

天长地久，一同老去
——《邶风·击鼓》

《诗经》满载着远古民众的质朴与纯真，生动地上演在我们的面前，不过很多诗歌在流传的过程中被附上了政治的外衣或者学术的腔调，失去了原有的天然气息。尽管如此，《邶风·击鼓》这首诗却奇迹般地从未被染指，依然是爱情的誓约——一个被迫参战戍边的士兵含泪对远方妻子唱出的爱情誓约，穿越了几千年的时光依然击中人们内心深处柔软的地方。

击鼓其镗，踊跃用兵。土国城漕，我独南行。
从孙子仲，平陈与宋。不我以归，忧心有忡。
爰居爰处？爰丧其马？于以求之？于林之下。

> 死生契阔，与子成说。执子之手，与子偕老。
> 于嗟阔兮，不我活兮。于嗟洵兮，不我信兮。

意犹未尽，其中"死生契阔，与子成说。执子之手，与子偕老"这两句太过有名，以至于整首诗歌的光华几乎被掩盖掉。传说雕塑家雕刻名垂后世的维纳斯之时，因为其双臂太过美妙，严重破坏了雕塑的完整性，雕塑家不得不忍痛砍下了维纳斯的动人双臂。

《击鼓》中的这两句与之有异曲同工之妙，尽管没有华丽的语言与铺张的修饰，只此两句就足以震撼每一个人。契阔是"勤苦；劳苦"的意思。看似简单的誓言，表达出多少恋人的心愿啊！自古以来真正做到的人又有几个？时光飞逝，青春老去，身边还有一双可以握住的手，这也许是人生最大的幸福。爱情有很多种，要是让女人来选择的话，所有的女人也许都会选择——我要和你手牵手，一起老去。

此言一出，一下子把其他的爱情言语比了下去，《关雎》中的"君子好逑"显得有些轻浮，汉武帝的金屋藏娇显得有些世俗，《上邪》中的"山无陵，江水为竭，冬雷震震，夏雨雪，天地合，乃敢与君绝"显得有些不切实际。只有本诗中的主人公——一个战士与他深爱的妻子表现得如此纯净，真诚得没有一丝的渣滓，后人多少诗句演绎，多少小说表现，也永远难以超越，因为它已经达到了誓言的极致。

达到极致还因为主人公没有兑现他的誓言，残缺的美才让人遗憾惦念，形成悲剧。鲁迅说，悲剧是将人生中的有价值的东西毁灭给人看。战乱年代，尽管这个士兵不断期盼着兑现自己的诺言："随军征战，这一天终于可以安营扎寨了，庆幸自己在上一场战役中没有死去啊！我还可以在这残酷得没有明天的征途上想念你，你成为我唯一的牵挂，也是我活下去的勇气。我的战马去哪里了，我得赶紧找到它啊！要是没有了它，我怎么回家与你相见啊！所幸的是，我一抬头看见它就在远处的树林下啊！"

天长地久，一同老去——《邶风·击鼓》

第三章 相守：如今温柔了时光

时光飞逝，青春老去，身边还有一双可以握住的手，这也许是人生最大的幸福。轰轰烈烈、惊天动地也许只是爱情的开始，平淡的相处才是最终的归宿。

也许，这个世界上确实存在着心有灵犀的感应。与此同时，在家的爱人也在等待相见，时刻想念，这才加重了悲剧的程度。桃花谢了又红了，那个面如桃花的妻子，等待了一年又一年，红颜易老，花瓣落在她渐白的发丝上，美得让人心碎。她遥望远方，等待着那个迟迟未归的人，守候着"执子之手，与子偕老"的誓言。

如果没有这场与陈、宋之间的战争，他们可能会在一个个夏天，看山前的白鹭，听林中的蝉鸣，在流淌的江水边，打鱼耕田；在一个个冬天，守着红泥小炉，在燃着的烛光里，或举杯，或亲昵。现实却让人伤心。

在战鼓雷动的沙场上，战士们踊跃地挥动着刀枪，丈夫此刻虽然也身在其中，却忧心忡忡。追随着军队来到南方，跟随着将军孙子仲平定他国，但是这漫长的战争什么时候才能完结？那匹失而复得的马更令他感慨生离死别的痛苦。想起当日对妻子的海誓山盟，他就声声叹息，只是这叹息声因为太过遥远而无法抵达故乡。

《击鼓》中的男女，明知道海誓山盟也抵挡不过时间和空间，但他们偏偏还是要相信，有朝一日誓言终会兑现。

对于普通人来说，轰轰烈烈、惊天动地也许只是爱情的开始，平淡的相处才是最终的归宿。"执子之手，与子偕老"，看似简单，能做到的实在很少。太多人追求一见钟情，要求所谓的轰轰烈烈与花前月下，很少人像那个士兵一样希望在自己的家乡，牵着自己心爱的女子的手，跟她平安到老。

殊不知，红尘万丈的繁华里，我们要的幸福就是在所有的苦难和彷徨里，能有一个人，会一直在身边，两个人相互依靠着活下去。

"死生契阔，与子成说。执子之手，与子偕老。"这两句话十六个字，依旧是人生最有分量的情话。滚滚红尘中，尽管没有什么可以永垂不朽，但总该有一种感情可以天长地久，风雨闪电，雪霜灾难，贫穷饥饿都不能将我们分开。

你是否也希望有人握住你的手，一同老去？当有人对你说出这句话，你内心会是怎样的汹涌？执手间千万里路途骤然缩短，执手间泪眼朦胧不忍相看，这最甜蜜的一刻，愿你时时拥有。

豳风·七月

七月流火,九月授衣。一之日觱发,二之日栗烈。无衣无褐,何以卒岁?三之日于耜,四之日举趾。同我妇子,馌彼南亩。田畯至喜。

七月流火,九月授衣。春日载阳,有鸣仓庚。女执懿筐,遵彼微行,爰求柔桑。春日迟迟,采蘩祁祁。女心伤悲,殆及公子同归。

七月流火,八月萑苇。蚕月条桑,取彼斧斨。以伐远扬,猗彼女桑。七月鸣鵙,八月载绩。载玄载黄,我朱孔阳,为公子裳。

……

男耕女织度流年
——《豳风·七月》

20世纪六七十年代美国最著名的民谣组合西蒙和加丰科尔唱过一首不知名字的短歌。

> 四月，春潮带雨，一段爱飘然而至；
> 五月，依偎着我的肩头，她歇下双翅；
> 六月，我的爱唱起抑郁的调子，深夜徘徊，心绪不宁；
> 七月，她远走高飞，不辞而别，离我远行；
> 八月，秋风瑟瑟，佳人已去，杳无音信；
> 九月，已经苍老的这段爱，将铭记我心。

每个月份都代表一种心绪，从四月开始，对爱人的思恋就像春日的细雨一样洒满了湿润的心田，从此逐渐润物细无声，到九月，这段苍老的爱情，已经长埋于心。爱情是一生的故事，可以随同生命一起生长。

当然，不只是爱情，人生中还有许多事情是伴随着生命共同进退的，先秦一首古老的歌中吟咏，恬淡清澈，描摹细致，就好像初生的禾苗，散发着自然的田园气息，又闲闲地浸透着惬意之情。

> 七月流火，九月授衣。一之日觱发，二之日栗烈。无衣无褐，何以卒岁？三之日于耜，四之日举趾。同我妇子，馌彼南亩。田畯至喜。
>
> 七月流火，九月授衣。春日载阳，有鸣仓庚。女执懿筐，遵彼微行，爰求柔桑。春日迟迟，采蘩祁祁。女心伤悲，殆及公子同归。
>
> 七月流火，八月萑苇。蚕月条桑，取彼斧斨。以伐远扬，猗彼女桑。七月鸣鵙，八月载绩。载玄载黄，我朱孔阳，为公子裳。

七月火星向西落，妇女在九月的时候就缝制冬衣，因为十一月、十二月的时候就会寒风彻骨，没有足够御寒的衣服，怎么能够抵御这寒冷的冬日呢？而冬天一过，便要开始修理锄具，准备二月下地耕种，吃饭的时候，妻儿会把饭送到田边。田官看到农民劳动的场景非常高兴。这就是那时人们恬淡安宁的生活。

日出而作，日落而息。年轻的姑娘在春日的黄鹂婉转啼鸣声中，沿着小道采摘桑叶，看着春天逐渐过去，人们采摘白蒿，姑娘内心一片忧伤，因为马上就要远嫁他乡，为他人做媳妇去了。

随着桑枝被修剪，八月开始织造麻衣，姑娘就要为她的夫君缝制衣裳了。时日渐渐过去，女子心中那绕指柔情，也在秋日到来之前，日益如海深沉。而这婚嫁之事仅是次要的，忙种才是那时的人们最为重要的事情。

四月秀葽,五月鸣蜩。八月其获,十月陨萚。一之日于貉,取彼狐狸,为公子裘。二之日其同,载缵武功。言私其豵,献豜于公。

五月斯螽动股,六月莎鸡振羽。七月在野,八月在宇,九月在户,十月蟋蟀,入我床下。穹窒熏鼠,塞向墐户。嗟我妇子,曰为改岁,入此室处。

六月食郁及薁,七月亨葵及菽。八月剥枣,十月获稻。为此春酒,以介眉寿。七月食瓜,八月断壶,九月叔苴,采荼薪樗,食我农夫。

四月植物抽穗开花,五月蚱蜢开始骚动,六月蜻蜓飞舞,蟋蟀在七月便随处可见,而人们则是忙着煮葵花籽。八月开始打红枣,蟋蟀九月来到屋门口,十月就钻到人们的床底,但人们只顾着下地收稻谷,为了酿造美酒而忙碌,家中的鼠洞也没时间管理。人们辛辛苦苦劳作一年,只是为了令主人高兴,令自己平安,所有的好食物都供奉给主人,自己则是采摘野菜,砍伐木柴,住进破旧的房屋内暂求安稳。

《七月》是源于豳地的民间歌谣。豳地在现在陕西省旬邑县、彬县一带,那个时代是个农业时代。《七月》不怨不艾地叙述人们获得生存的艰辛努力、生活的基本状况,生活随着时令和季节的变换律动。劳作的目的不是因为敬畏神的力量,也不是为了祭祀神灵,而是为了获得生活的保障。

他们一年四季的劳动生活,涉及当时生活的各个方面,从各个侧面展示着当时社会状况。因此后人拿这首诗与古希腊诗人赫西奥德的农事诗《工作与时日》作比较,不过,《七月》显然要比《工作与时日》更有意义。因为那首农事诗开篇只是献给缪斯,单纯去赞颂宙斯万能的。"皮埃里亚擅唱赞歌的缪斯女神,请你们来这里,向你们的父神宙斯倾吐心声,向你们的父神歌颂……"

《七月》则是一幅男耕女织时代的风俗画。三月里女子带着漂亮的篮子，采桑叶养蚕，六月结满葡萄，七月榨满豆浆，八月打枣、收稻谷，九月打谷场重新做了菜园子，十月飘满酒香，十一月、十二月农活结束了，男人开始去打猎。夜晚归来还不休息，趁着农闲，收拾好屋子，抵御夜晚的风霜，还要准备过年，来年开春又要忙着种地了。

　　九月筑场圃，十月纳禾稼。黍稷重穋，禾麻菽麦。嗟我农夫，我稼既同，上入执宫功。昼尔于茅，宵尔索绹，亟其乘屋，其始播百谷。

　　二之日凿冰冲冲，三之日纳于凌阴。四之日其蚤，献羔祭韭。九月肃霜，十月涤场。朋酒斯飨，曰杀羔羊，跻彼公堂，称彼兕觥：万寿无疆！

农夫辛辛苦苦地白日忙完庄稼，夜晚又要搓麻绳，在一年的最后时刻忙祭祀的种种活动，献上先前冷冻在冰窖里的韭菜和羊羔，分发美酒给宾客，与众人一起举杯为主人祝福，高呼万寿无疆。

奴隶们沉重劳动着而不得报酬，悲惨的命运循环无期。而不劳而得的奴隶主贵族则过着另一种生活：住的是防风耐寒的房屋，穿的是上等鲜亮的好衣裳，吃的是酒肉，没有事情了还祭祀宴请，祈求多福多贵多长寿。

如此鲜明的对比！人们该抱怨、控诉，或者反抗了吧，就如《魏风·伐檀》《魏风·硕鼠》那样。

　　坎坎伐檀兮，置之河之干兮，河水清且涟猗。不稼不穑，胡取禾三百廛兮？不狩不猎，胡瞻尔庭有县貆兮？彼君子兮，不素餐兮！

　　坎坎伐辐兮，置之河之侧兮，河水清且直猗。不稼不穑，胡取禾三百亿兮？不狩不猎，胡瞻尔庭有县特兮？彼君子兮，不素食兮！

坎坎伐轮兮，置之河之漘兮，河水清且沦猗。不稼不穑，胡取禾三百囷兮？不狩不猎，胡瞻尔庭有县鹑兮？彼君子兮，不素飧兮！

《伐檀》中直接严厉责问：不播种来不收割，为何三百捆禾要独吞啊？不冬狩来不夜猎，为何见你庭院挂鹌鹑啊？那些老爷君子啊，可不白吃腥荤啊！用活生生的事实来揭露奴隶主血泪斑斑的罪恶，抒发蕴藏在胸中的熊熊怒火，人们年复一年繁重劳动，苦难生活，却什么都得不到，在诗歌中就把积压在胸中的愤懑像火山似的喷泻出来。

而《七月》并没有这样做。人们没有太多的抱怨，只是辛苦地活着，"哀而不伤，怨而不怒"地活着。其实《诗经》中大多数诗歌都是这样。人们在一年到头的琐碎劳作中，默默地承受着生存的负担，寻找属于自己生活的乐趣与希望。这也是一种解脱吧。

看，蟋蟀爬进屋中，在灯下跳来跳去，提醒着北风的寒凉。人们赶紧锁上窗户，把门洞都堵塞上，屋中就暖和起来，拥抱妻儿共度寒冷的夜晚。等到过年的时候，"嗟我妇子，曰为改岁，入此室处"，不久新年到来了，进到屋中歇个够。生活是简单贫困，抑或是沉重，平凡但充满着生命力。

男耕女织的社会中，大多数人都是这样过完一生，脚踏实地、吃苦耐劳。有时候也会有村落或部落的宴会等，如《七月》的最后一章描述的那样，农闲之时，举杯欢庆。

第四章

恨意：蓦然回首，鸳鸯已白头

郑风·风雨

风雨凄凄,鸡鸣喈喈。既见君子,云胡不夷?

风雨潇潇,鸡鸣胶胶。既见君子,云胡不瘳?

风雨如晦,鸡鸣不已。既见君子,云胡不喜?

满身风雨的我,还能等到你吗
——《郑风·风雨》

> 风雨凄凄,鸡鸣喈喈。既见君子,云胡不夷?
> 风雨潇潇,鸡鸣胶胶。既见君子,云胡不瘳?
> 风雨如晦,鸡鸣不已。既见君子,云胡不喜?

《郑风·风雨》写的就是在风雨交加的夜晚等待,最后终于见到了要等的那个人。他们事先应该约定好了见面的时间、地点,其中女子先到一步,还没有到时间,或者快要到时间了,女子有些期待地等待着,心跳也许已经加快。

谁知道天有不测风云,这时候竟然突降暴雨,雷电交加,风也呼啸,豆大的雨点打在地上,连鸡窝里的鸡都惊得咯咯地叫。女子的心随着雨声、鸡叫声也不安起来。他还会来吗？这么大的雨，他也许就不来了，他最好也别来，这么大的雨，淋坏了怎么办？此时她的心理是矛盾的，既希望他能够冒雨践约，但是又怕淋坏了他。正在矛盾之时，抬眼看见对方满身湿淋淋而来。

女子脸上笑容绽放，她心潮澎湃，这就是："风狂雨又骤，天地一片黑暗，鸡儿跟着不停地叫，我的心潮随着起伏，他突然冒雨到来，顿觉喜上眉梢。"

《风雨》的感染力极强，在这首诗中，借用了外界景物的描述，以反复强调为主，通过"风雨""鸡鸣"这两种外界事物来渲染女子的思绪，反衬出女子的担心与矛盾，加重着苦苦等待之中一个人的孤独与沉闷。

等待是一件苦差事，容易让等待的人变得焦躁不安，在左顾右盼之中觉得时间过得怎么这么慢。而能不能等到要等的人还是两回事。等到了，对方能够践约，说明他人还不错；对方要是负约，大多让人伤心，落下一个坏名声。所以，等待是一件极难做到的事情。

女子的翘首以盼，如果等不到男子的倾心相约，那便只能是情感的支离破碎。有时，女子的等待是可以耗尽前世今生，而男子的赴约却只是一场碰巧的游戏。当二人最终擦肩而过，等待的女子就算是耗尽一生，也不能等来让她倾心的人。

其实，等待与约定是两回事。

香港女作家李碧华的《胭脂扣》中对守约与负约有淋漓尽致的体现，烟花女子如花与阔少爷十二少以胭脂盒私订终身，谁知却遭到了十二少的父母阻拦。绝望之时，两人相约一起吞食鸦片殉情，不巧，如花死了，十二少被救活。成为孤魂野鬼的如花在地下苦等。

但她没有《风雨》中这位女子幸运，《风雨》中的男子穿越风雨来践约，如花等的十二少在人间活了下去，终于有一天，如花按捺不住等待的心，费尽心思重返人世，遍寻十二少，等到见到他，才知道他真的负约了。她将当年定情之物——胭脂盒塞还给他，对他说了一句"我

第四章 恨意：蓦然回首，鸳鸯已白头

她的翘首以盼，如果等不到他的倾心相约，那便只能是情感的支离破碎。

不想再等了"，便黯然离去。

订约容易守约难。

《庄子·盗跖》中记载着一个誓死守约的故事，流传千年，说的是一个叫尾生的男子认识了一位年轻漂亮的姑娘，两人一见钟情，君子淑女，于是就私订终身。女子家嫌弃尾生家境贫寒，两人就约定在韩城外的桥上相会，双双远走高飞。在一个黄昏时分，尾生提前来到桥上等候。不料，六月的天气变化无穷，突然就下起了滂沱大雨。不巧山洪又暴发，大水裹挟泥沙席卷而来，淹没了桥面，尾生不肯离去，抱着一根桥柱死去。

尾生抱柱而死的故事对于诺言的信守虽然有点迂腐，但古人确实能够一诺千金，顶着风雨来践约是习以为常之事，有时候为了诺言他们不惜牺牲掉自己的性命，尾生就是鲜活的例子。

《风雨》中，两千多年前的那个男人穿越风雨来践约，只为给自己爱的女子一个交代。因为他知道，等待是多么辛苦！

席慕蓉有诗句为证：

> 如何让你遇见我
>
> 在我最美丽的时刻　为这
>
> 我已在佛前　求了五百年
>
> 求佛让我们结一段尘缘
>
> 佛于是把我化作一棵树
>
> 长在你必经的路旁
>
> 阳光下慎重地开满了花
>
> 朵朵都是我前世的盼望
>
> 当你走近　请你细听
>
> 那颤抖的叶是我等待的热情
>
> 而当你终于无视地走过

在你身后落了一地的
朋友啊　那不是花瓣
那是我凋零的心

　　这世间有多少等待的故事啊！迪克牛仔的粗犷歌声中有多少人掉泪：有多少爱可以重来，有多少人值得等待。满身风雨的我，还能等到你吗？

　　痴情男女，心中的相思好像一条苦恼的河，就看是否有耐心等待那个渡河相守的人！而风霜雪雨都只能算是一种考验，考验他是否会不顾一切而来，结果也只有两种：来，或者不来。"既见君子，云胡不喜？"要是来了，那会是怎样的惊喜啊！

　　这风雨交加的夜，最适合与相爱的人相拥而眠。我确确实实风雨兼程归来，你还在等我吗？

邶风·终风

终风且暴,顾我则笑。谑浪笑敖,中心是悼。

终风且霾,惠然肯来?莫往莫来,悠悠我思。

终风且曀,不日有曀。寤言不寐,愿言则嚏。

曀曀其阴,虺虺其雷。寤言不寐,愿言则怀。

经年之后,佳期无约
——《邶风·终风》

第四章 恨意:蓦然回首,鸳鸯已白头

终风且暴,顾我则笑。谑浪笑敖,中心是悼。
终风且霾,惠然肯来?莫往莫来,悠悠我思。
终风且曀,不日有曀。寤言不寐,愿言则嚏。
曀曀其阴,虺虺其雷。寤言不寐,愿言则怀。

曀,天阴沉;虺虺,形容雷声。大风刮起疾又暴,见我他却轻浮笑。调戏放浪又嘲笑,想来悲伤又懊恼。大风刮起沙尘暗,可肯顺心来找我?我不去来你不来,我却悠悠把你想。大风刮起卷天地,不见阳光空惆怅。夜半自语不成眠,打个喷嚏知我想。天色阴暗不见光,雷声轰鸣天际响。半夜独语不得眠,愿他悔悟将我怀。

旧解对此诗的解读分为两类，一是认为这是"一首颇具性感"的情诗，学者闻一多先生就认为，在《诗经》中以"风"起兴的几首诗中，要数这首《终风》写得"最淫"了。他以为此诗是在反映女子对于强者虐待而又很乐意接受的心理。据此说法，也有人将此诗作为研究"性虐狂"和"受虐狂"的材料。二是认为这是写一位女子被丈夫玩弄嘲笑后，又惨遭遗弃的诗歌。现在看来仍不排除有这个可能，若将此诗列为"弃妇诗"也不算十分勉强，女子被抛弃，于是这女子"情动于中而形于言"。

其实，我们现代人时常会有这样的感慨：你当时有意接近我进入我的生活，处处表现得对我那么好、那么体贴，我终于由陌生到习惯开始慢慢接受你了，我以为我们的爱情就要放晴了，你却忽然变得遥远冷淡了起来，在我毫无防备的时候就退出我的生活，剩下我比之前一个人的时候还孤单还寂寞。为什么你当初要对我好呢？

这首诗里的女子也是在哀叹吧，哀叹男子的忽冷忽热、喜怒不定，以及她在他心中可有可无的地位，她也似乎明白了，他之前虽有纠缠但并不爱她，要真恨他吧又恨不起来，说不恼他吧怎么可能不恼？其实，很多男人未必明白一个道理，那就是女人都讨厌纠缠不清但并不爱她的男子。并非有人追求有人纠缠了，女人的虚荣心都会很受用，她的第六感能敏锐地嗅出这个男人是不是真的爱她。

《狡童》一诗中也写到了一名女子在遭到情人冷落后的苦闷纠结心理。"彼狡童兮，不与我言兮。维子之故，使我不能餐兮。彼狡童兮，不与我食兮。维子之故，使我不能息兮。"她一边埋怨道：你这个狡猾的小伙儿啊，突然就不理我了，全都是因为你啊，让我吃吃不下、睡睡不着啊；一边又尽情地流露出对"狡童"的相思之情，毕竟他们只是暂时闹个小别扭，并未真正分手。这位恋爱中的小女人，真是爱恨交织，情丝之长，剪不断理还乱啊。她在这头寝食难安地疾呼，那偷走她心的男子又做什么去了？

可是，《终风》里的女主人公还没有被偷心的女子幸运，她差不多

第四章 恨意：蓦然回首，鸳鸯已白头

但见泪痕湿，不知心恨谁。哀怨诗词里相爱的结局大抵如此。要不，为何偏要说那「人生若只如初见」的美？要不，为何还唱「执子之手，与子偕老」的期盼？

已遭遗弃，至少已被男子打入"冷宫"。可悲的是，她还未完全醒悟，即便她有点意识到男子并非真爱她，她还是心里有所不甘，还在天天想着他回心转意：一会儿说希望他打喷嚏时，知道是我在想他；一会儿说希望他正在后悔着，满心地想念我呢。

元稹曾在《莺莺传》中写过"始乱之，终弃之"，后世便有了"始乱终弃"一词。仅从抒情比较直白的古诗词来看，古代社会的女子被遗弃或冷落的可能性还是比较大的，因为弃妇诗、闺怨诗乃至抒写遭受冷落的诗词还是挺多的。最主要的一个原因是，古代并非一夫一妻制，连平民都能有"一妻一妾"之"福"，更何况是身处贵族阶层、身份显赫的男子呢？他们虽比不得帝王有三宫六院七十二妃，但妻妾成群还是比较可能的。加之古代女子的地位又低，在男女爱情婚姻生活极不平等的状况下，受伤害遭遗弃的往往是可怜的女子。否则，在男人占有绝对优势的古代社会，我们怎么看不到只言片语的"弃夫诗"和"男怨诗"？法国著名女作家斯达尔夫人说过：爱情对于男子只是生活中的一段插曲，而对于女人则是生命的全部。这句话未必完全正确，不过在古代社会一夫多妻制的现实遭际下，的确也有一定的道理，女人还是处于一个弱势的位置。

李白也有一首《怨情》诗比较有名，传达出同样的心境，一个女子因苦等爱人不至，内心终由希望到绝望，由爱而生出了怨恨。

美人卷珠帘，深坐颦蛾眉。
但见泪痕湿，不知心恨谁。

这位美丽的女子，自从与情郎一别之后，时刻期待着与他的重逢。她每天早早地卷起珠帘，长久地坐在窗台前观望与等待，生怕一不留神就错过了与情郎相见。怎奈今日复明日，情郎始终没有半点音信，可时光不待人啊，她早该到了出阁的年龄了吧，所以她内心才无限恐慌着急。一想到这些,她就忍不住泪流满面,心中开始怨恨起来。又能怨谁恨谁呢?恨自己吗?太容易轻信人了,错把一片芳心空付与!恨他吗?走的时候不是说好了,他见到了父母就找媒人来提亲吗?不是说好了要生生世世永远在一起吗?这位佳人转而又开始怨恨,既然你没有打算要回来找我,没有决定要向我提亲,那你当初为什么要对我说那些话呢?又为什么要对我说那么多山盟海誓的承诺?如果,我今生从未遇见你,也许就会安分守己地嫁人了,可是现在你让我怎么办?你至少也托人给我捎个口信,让我知道你一切安好啊。唉,为何当初对我好,竟成了有始无终的结局。

　　遭受爱人冷落和遗弃,古诗中的女子在啜泣中一声声哀叹:嫁个好人真难呀!我真是遇人不淑,竟落得个始乱终弃的下场啊!何苦当初非要遇到你,遇到又为何爱你?哀怨诗词里相爱的结局大抵如此,没有圆满,有的是拉长的哀怨。要不,为何偏要说那"人生若只如初见"的美?要不,为何还唱"执子之手,与子偕老"的期盼?

陈风 · 东门之杨

东门之杨,其叶牂牂。昏以为期,明星煌煌。

东门之杨,其叶肺肺。昏以为期,明星晢晢。

多少人辜负了最好的时光
——《陈风·东门之杨》

> 后来，我总算学会了如何去爱。
> 可惜你早已远去，消失在人海。
> 后来，终于在眼泪中明白，有些人一旦错过就不再。
> ……

歌手刘若英的一曲《后来》，唱出了多少人心中的遗憾与喟叹。走得快的岂止是青春呢？怕是青春里的人和事吧。对那些错过的人和错过的事，我们过后回望，只能深深自责，还假设要是早知道怎么怎么样……可是早知今日，何必当初？世事难料，人生无常，生活中的事情确实超出了人们的掌控。对于错过的，我们也只能报以深深的遗憾。

我们在《诗经·陈风·东门之杨》中也能看到这样的事情。

东门之杨，其叶牂牂。昏以为期，明星煌煌。
东门之杨，其叶肺肺。昏以为期，明星晢晢。

这是发生在陈国都城东门外的故事，东门是男女青年的聚会之地，有"丘（山丘）""池""枌（白榆树）""杨（杨树）"等，《陈风》中的爱情之歌《东门之池》《宛丘》《月出》《东门之枌》，大都发生在这块爱情的圣地上。

陈国是小国，从成立之日到被吞并，五百多年时间，一直是小国，其弱小势力使得其从来也没有想去称霸，人民都只是过自己的生活。在那个古风满天的先秦时代，陈国的热恋男女一般都相约在黄昏的树林中。

"月上柳梢头，人约黄昏后"，那片杨树林面积比较大，树因为年代久远了枝叶茂盛，是不是也象征着陈国男女的爱情如树木一样繁茂而生生不息？和那个心爱的人约好了时间，其中一个早早来到等待，望着树林，急切地徘徊着，焦急的心情等待过的人相信都会感同身受。这约会在恋人的心上，无疑既隐秘又新奇，其间涌动着的，当然还有几分羞涩、几分兴奋。等待者站在高大的杨树下，抬头看见了天上闪亮的星星，似乎在向自己眨着眼睛，心情也就略微好了些，有星星相陪，想着念着，静静地等待着爱人的到来，也是一种幸福吧。

《东门之杨》描写了爱情的美妙，这就是等待带来的美感，自有一种珍惜在里边。不过，这种感觉是暂时的。要是被等的人一直不出现，会是什么样子？世事往往弄人，等待的这位从黄昏一直等到夜深人静，从夜深人静又等到凌晨，另一方还是没有来，无尽的等待就转变成了难挨，也就成了一段错过的感情。你看，东门的大白杨树啊，叶儿正发出低音轻唱。约会定好的时间是黄昏，直等到明星东上。东门的大

第四章 恨意：蓦然回首，鸳鸯已白头

春天里，人的心是活泼的，带着企盼，带着冲动，也藏着点儿莫可名状的温柔与忧郁。脚下有花朵，袖底有长风，亲爱的，你莫辜负了这最好的时光。

白杨树啊,叶儿正发出轻声叹息。约会定好的时间是黄昏,直等到明星灿烂。

同出于《陈风》的《东门之池》感觉就不一样了,同样的爱情,却充满着欢声笑语。

> 东门之池,可以沤麻。彼美淑姬,可以晤歌。
> 东门之池,可以沤纻。彼美淑姬,可以晤语。
> 东门之池,可以沤菅。彼美淑姬,可以晤言。

可以想象,一群青年男女,在护城河里浸麻、洗麻。大家在一起劳动,一起说说笑笑,甚至高兴了就唱起歌来,小伙子们豪兴大发,对着爱恋的姑娘就唱出了《东门之池》,表达情感,表达爱情。而《东门之杨》到最后只能唱出悲伤。

一直以来,很多人都坚信诗中杨树下徘徊等待的应该是个女子。正如张爱玲所说的,如果男女的知识程度一样高,女人在男人面前还是会有谦虚,因为那是女人的本质,因为女人要崇拜才快乐,男人要被崇拜才快乐。所以女人在男人面前总是谦卑的,只要有一点爱在。想那女子一定是早早吃了饭,喜滋滋地到城门外等着,可是到最后只能落得空欢喜一场。《东门之杨》成为痴男怨女心中的一个错过的代表,南宋女词人朱淑真在《生查子·元夕》中也流露出同样的情感。

> 去年元夜时,花市灯如昼。月上柳梢头,人约黄昏后。今年元夜时,月与灯依旧。不见去年人,泪湿春衫袖。

千年之后,爱情同样是猜中了过程,却猜不着结局。女词人效仿千百年前的那对男女,在花灯之夜与心爱的人相约。只是换了一下植物,杨树换成了柳树。电影《大话西游》中至尊宝与紫霞仙子的爱情也同样让人感伤。不是说好一直牵手到白头吗？结果是"不见去年人"，他已经消失在了茫茫人海里，有些人，一旦错过就是一辈子。

因错过酿成的悲剧也不是中国独有，在希腊神话中也有这样的传说。巴比伦少女桑斯比爱上了邻家男孩皮瑞摩斯，然而两家有着深仇大恨，两个人也不能相见，只能隔着墙壁说说话。他们感动了"至美"女神阿芙罗狄蒂，女神决定帮助他们。一天，这对恋人就发现两家墙壁上出现了一道裂缝，通过它，两个人可以看到彼此，还可以说话亲吻。于是有了机会相约亲昵。他们的第一次约会定好在城外的一株白色的桑树下。等到夜晚来临后，桑斯比偷偷溜出家门，先行到了桑树下等待，可是恰巧有一只母狮子在那里。狮子见到少女立马张开大嘴，吓得桑斯比面纱落地，她连忙逃走，母狮并没有追赶她，只是用爪子撕破了面纱。等到少年皮瑞摩斯来到，狮子也已经离开，而他看见了被玷污的面纱，他想一定是他的恋人出了什么意外。绝望之中，他吻别面纱，抽出自己的宝剑，刺入胸膛，鲜血都把白色的桑树染成了深紫色。桑斯比重返桑树下的时候发现了恋人在血泊中挣扎，她倒在皮瑞摩斯的剑上，陪他一起死去。

人生的路上，我们总是错过些什么。错过一趟公共汽车，错过一场雨，错过一个开始，错过一次机遇，错过一段感情。镜里朱颜，物是人非，人生宛如初见，那只是文人构建出来的理想状态，要是可以追回错过的人与时光，那当下拥有的情感怎么办？回去了这些也不是要错过吗？所以，生活之中，如果可以，就不要错过生命中的机会与幸福。即使错过了，就把错过的美好珍藏起来，成就《后来》里的那一段唱词，问候一声："这些年来，有没有人能让你不寂寞？"

郑风·子衿

青青子衿,悠悠我心。纵我不往,子宁不嗣音?
青青子佩,悠悠我思。纵我不往,子宁不来?
挑兮达兮,在城阙兮。一日不见,如三月兮!

忆郎郎不至
——《郑风·子衿》

> 青青子衿，悠悠我心。纵我不往，子宁不嗣音？
> 青青子佩，悠悠我思。纵我不往，子宁不来？
> 挑兮达兮，在城阙兮。一日不见，如三月兮！

古人穿衣打扮的规定十分严格，须按社会等级来穿着，从而区别身份。特别是汉代以前更有明文规定冠帽只有官员才能佩戴，商人还不得穿丝绸料子的衣服，只能穿葛麻料子的成衣。比如战国时期的吕不韦作为一个商人，因为商人的地位低，他穿戴食用都有限制而备受歧视，所以投机政界，改变所处的社会地位。

而读书人的地位很高，准许穿着当时很优雅高贵的青色衣服。所以，

"青衿"指代书生，后来又成为文人贤士的雅称。"青青子衿"这四个字就组合成了一个名词，每一次念起，似乎有一种淡淡的书生味道。

《子衿》的作者应该是一个女子。有些日子没有见到心仪的人，心里有些担忧。她走上城头，想借着登高，看看是否可以看到他的身影。娇俏可人的身影，在城头的石壁上凝滞。

一如《西洲曲》里的那个女子，"忆郎郎不至，仰首望飞鸿"，然而眼前千帆过尽，总不见心中的"青青子衿"。为什么还没有来？她在心里一遍遍嘀咕，一次次踮起脚来张望，一点儿焦急，一点儿固执，要是这位"青衿"赶到之时，在新月的清辉之下看到此情此景，该是多么幸福。这幅场景让人心旷神怡，浮想联翩。

李清照的《浣溪沙》写道："绣面芙蓉一笑开，斜飞宝鸭衬香腮。眼波才动被人猜。　　一面风情深有韵，半笺娇恨寄幽怀。月移花影约重来。"精妙地绘出了一个处在热恋中的女子等待情人的娇憨之态。北京师范大学文学院康震教授解读时说李清照的词最突出的特点就是善于捕捉一刹那的感受和一瞬间的动作，并且能用通俗的语言表达出来。同时大赞"娇恨"一词，这是一种一边恨着一边撒娇，因爱生恨的心情，几丝可爱跃然纸上。与《子衿》放在一起，同样是少女情怀，眼波流动；又同样是焦急等待，急不可耐。双手叉着腰，噘着嘴唇，准确地拿捏了少女的心理活动——思慕、娇怨。

如此一来，如果说思念是有颜色的话，那一定就是青色的了。"青"在古代就是蓝色，《毛传》中说："青衿，青领也，学子之所服。"也许在女人的内心深处都有一位书生知己的梦幻。也难怪，从古至今流传的爱情故事中，男主角几乎都是书生，如《牡丹亭》中的柳梦梅、《西厢记》中的张生、《桃花扇》中的侯方域等等。也许是书生使得女性心灵有所寄托吧，能够使自己的心湖荡出一圈又一圈相思的涟漪。

三国时，一个虬须扎扎的枭雄也用了同样的话来表达自己的情感，境界却完全不同。曹操在他的《短歌行》中说"青青子衿，悠悠我心。

第四章 恨意:蓦然回首,鸳鸯已白头

阳光温热,岁月静好,人生有限,人在这岁月里留下的深情,却是无限的。踏上轻舟,且尽杯中酒,尽情享受花朝月夕的好时光。

但为君故，沉吟至今"，这就成了一个男人的政治抱负——对贤才的渴求和对雄伟霸业的忧思。

紧接着他还引用了《诗经》中的另外两句，就是《小雅·鹿鸣》中的"呦呦鹿鸣，食野之苹。我有嘉宾，鼓瑟吹笙"。意思是说：只要贤才来到我这里，我是一定会盛情款待，我会加倍欣赏人才的。

这就是男人的感情，男人和女人终究是不同的。女人的感情就是爱情，一旦爱了，自己的一切也就只围绕着对方来安排，要是对方不理睬自己了，就发脾气，就由爱生怨。《子衿》中的这位郑国女子就这样说："纵然我不曾去找你，难道你从此断音信？""纵然我不曾去找你，难道你不能自己来？"这真该怪这位"青衿"，即使再忙，即使再不能相见，至少得说句话吧，即使是只言片语，女子听到也不至于着急得团团转，发出"一天见不到你，就像过了三个月那么久"的怨言。

李清照在写完《浣溪沙》后盼得了书生情郎，她与丈夫赵明诚志趣相投，恩爱有加，成就一段美满姻缘。尽管后半生飘零，在相思与完成丈夫遗愿的动力下过得还算不枉此生。如果没有了爱，怕是更加贫乏不堪。也许女人的一生中都为了爱而活，如果心中有爱，即使"一日三秋"，又算得了什么呢？

诗人余光中在《等你，在雨中》中说：

> 你来不来都一样
> 竟感觉每朵莲都像你
> 尤其隔着黄昏
> 隔着这样的细雨
> 永恒，刹那
> 刹那，永恒
> 等你在时间之外，在时间之内
> 等你在刹那，在永恒

《子衿》中的女子也是这样思慕、等待、张望着"青衿",你来不来都一样,尽管我着急,我生怨,但心始终向着你。抬头看见明月是你,低头看见树影是你。

一往情深深几许,自古以来女子就是深闺寂寞人。常言道痴男怨女,为何女子要怨?想来也是因为那痴情的男子迟迟不肯交付真情。君不见,残阳西下,落下地平线的除了阳光,还有女子的翘首企盼。

卫风·氓

氓之蚩蚩,抱布贸丝。匪来贸丝,来即我谋。送子涉淇,至于顿丘。匪我愆期,子无良媒。将子无怒,秋以为期。

乘彼垝垣,以望复关。不见复关,泣涕涟涟。既见复关,载笑载言。尔卜尔筮,体无咎言。以尔车来,以我贿迁。

……

如花美眷，不敌似水流年
——《卫风·氓》

> 第四章 恨意：蓦然回首，鸳鸯已白头

爱情是中国文学史上一个古老而又绵长的主题，爱情诗作为爱情的艺术结晶，歌颂真挚纯洁、坚贞不渝的爱情，美化、洁净着人类的情操，只是哪有那么多有着完美结局的故事，哪有那么多的"蓦然回首，那人却在，灯火阑珊处"的恰到好处，更多的是残酷的爱情悲剧。

氓之蚩蚩，抱布贸丝。匪来贸丝，来即我谋。送子涉淇，至于顿丘。匪我愆期，子无良媒。将子无怒，秋以为期。

乘彼垝垣，以望复关。不见复关，泣涕涟涟。既见复关，载笑载言。尔卜尔筮，体无咎言。以尔车来，以我贿迁。

在故事的开始，似所有爱情故事的开始一样甜美，甚至带着些浪漫的气息，一个善笑的男子走向一个卖丝的女子。但这个男子并不是来买丝的，而是以买丝为借口来靠近她，对她说好听的话，最后表达了自己的意愿：希望和她结为夫妻。之后的交往中，两个人在一起总觉得时间过得飞快，分开的时候彼此恋恋不舍，有了些"从别后，忆相逢，几回梦魂与君同"，以及"从此无心爱良夜，任他明月下西楼"的意境。

这是《诗经》中最常见的青涩爱恋，男女相悦的初恋情愫在《卫风·氓》中展露无遗，这首诗一共六章，叙述了一个古老的，至今还在无数次上演的爱情故事——痴情女子遭遇负心汉。一位痴情、勤劳、善良的女子却被背信弃义、自私的男人始乱终弃。长诗之中，似乎依然可以听到这位女子的悲怆呼声。

接下来的故事便出现了逆转，女子在几经等待之后，男子依然不来接她，就在她以为男子变心的时候，爱人如期而至，原来相爱也是要经受种种等待的折磨才能成就好事的，女子怀揣着幸福和忐忑心情坐上了男子的婚车。

新婚过后，爱情的甜美被繁杂的生活琐事取代，当日的青涩少年也不会再守候于城墙下等待那位贸丝的姑娘。他们虽然结为夫妻，却再也没有了当日花前月下的甜蜜，取而代之的是无休无止的操劳。

> 桑之未落，其叶沃若。于嗟鸠兮！无食桑葚。于嗟女兮！无与士耽。士之耽兮，犹可说也。女之耽兮，不可说也。
> 桑之落矣，其黄而陨。自我徂尔，三岁食贫。淇水汤汤，渐车帷裳。女也不爽，士贰其行。士也罔极，二三其德。

在这段时间里他们还在自家庭院的桑树下许下永不分离的誓言，同时希望自家枝繁叶茂，多子多孙，幸福美满。女人守着这幸福的盟誓，

如花美眷，不敌似水流年——《卫风·氓》

每天为家庭为孩子辛苦操劳，疲惫之中也会觉得幸福，因为付出是爱情的基础吧。女人可以忍耐承受，只要夫妻和谐，荣辱与共。家庭也由于勤劳而逐渐富裕。

然而，女人想都没有想到，自己得到的回报是一纸休书！原想同你白头到老，但相伴到老将会使我怨恨。淇水再宽终有岸，沼泽虽宽有尽头。少年时一起愉快地玩耍，尽情地说笑。回想起来都是欢乐，山盟海誓都还在，怎么会料到反目成仇！

现在要怎么样？新人将要进门，自己是闹是吵是回娘家要做个决定。《孔雀东南飞》中刘兰芝回娘家后的待遇便是当时女子被休后的境况。

在比《孔雀东南飞》更早的先秦时期，想必一个女人要忍受更多的冷嘲热讽，而且，回娘家后本来以为可以向亲人哭诉自己的不幸遭遇，而换来的却是兄弟姐妹们的冷漠。

静下来，她以一个过来人的身份回忆曾经发生的点滴，她经历过《蒹葭》《静女》《桃夭》中的任何一种感情历程，以前的那些甜言蜜语、男欢女爱、花前月下、海誓山盟……似乎历历在目，而又渐渐远去。

经过了时间的打磨，现在可以说是历经沧桑，她知道，如果自己不走，留在这个是非之地，对自己更加不利。离开这里，也许会有更大的机会与希望。于是发出一声"反是不思,亦已焉哉"的深深感慨——在两千多年前可以把婚姻之事看得如此清晰透彻的女子，怕在厚厚一本《诗经》中找不到第二位。

> 三岁为妇，靡室劳矣。夙兴夜寐，靡有朝矣。言既遂矣，至于暴矣。兄弟不知，咥其笑矣。静言思之，躬自悼矣。
>
> 及尔偕老，老使我怨。淇则有岸，隰则有泮。总角之宴，言笑晏晏。信誓旦旦，不思其反。反是不思，亦已焉哉！

终于结束这无奈的爱情，女子无言离去。这就是人们常说的，好花不常开，好景不长在，韶华易逝，岁月无情。任何东西都会被时光无情地带走。

在我们看到的许多童话故事的结尾都有类似的这么一句："自此，王子和公主过上了幸福的生活，一直到永远。"这个"永远"便没有再提，如果这个童话故事继续进行下去会是什么样子？如花美眷，怕也敌不过似水流年。

司马相如与卓文君在经历了"文君夜奔""当垆卖酒"的浪漫爱情之后幸福生活在了一起。可随着时间的推移，司马相如变心了，他想要纳妾。完美的爱情故事就变了味道。而千古佳话梁祝故事本身就是舍身成义，在化蝶的最高潮结束，牺牲了两个人的性命，保全了完整的爱情，所以千年之后，哪怕是万年之后，依然是感人肺腑，令人向往。如果故事是梁山伯与祝英台冲破重重阻碍，过上了幸福的生活，他们会不会也像司马相如和卓文君一样，在似水流年之中，爱情变了味，或者索然无味，感动不了后人？

究其原因，爱情专家称，是男女对待爱情的态度与观念。法国女作家斯达尔夫人说过，爱情对于男子只是生活中的一段插曲，而对于女人则是生命的全部。男女差别太大，用一个形象的说法就是男人把爱情当作了点心，而女人把爱情当作了主食。

陈可辛导演的电影《如果·爱》中说，有多少爱情故事，就有多少爱情悲剧。这是因为男人的浓厚兴趣在于得到女人之前，他们会为"自是寻春去较迟，不须惆怅怨芳时"的错过而遗憾相思；而得到之后，也会为"春色满园关不住，一枝红杏出墙来"的诱惑而陶醉。这在很大程度上，决定了女人在爱情和婚姻中扮演着悲剧角色。

随着时间的流逝，欢乐结束，男人觉得爱情的失败是一次情感的经历，是一次磨炼；而感情的失败对女人来说则几乎毁灭了她的世界，残酷的现实打碎了女人的梦想与憧憬，换来的只有无穷无尽的痛苦和长叹。

"琴尚在御，而新声代故。"女人面对旧物只能产生"物是人非事事休，欲语泪先流"的感觉，她们要的不过是一个男人可以陪自己白首到老。但是，"花红易衰似郎意，水流无限似侬愁"，在时间的洗刷中，容颜衰老，只能剩下一种"千金纵买相如赋，脉脉此情谁诉"的情怀了。

落花有意，流水无情，婚姻当真要比恋情多几分辗转。人和人之间的情感就是这样奇怪，不是当初的一语空言就可以约定终生的，当日你侬我侬，今日也可以淡漠视之，这里完全没有公平可言，谁叫爱情的发生和结束同样仓促呢？

怪只能怪经年之后，韶华不再，谁比谁残酷，谁便是最后从爱情潮水中全身而退的赢家。

第五章
哲学：人生大悖论，一一上心头

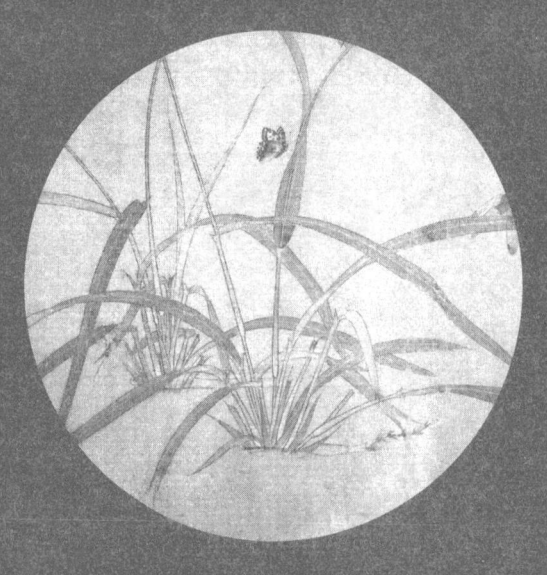

郑风·女曰鸡鸣

女曰鸡鸣,士曰昧旦。子兴视夜,明星有烂。将翱将翔,弋凫与雁。

弋言加之,与子宜之。宜言饮酒,与子偕老。琴瑟在御,莫不静好。

知子之来之,杂佩以赠之。知子之顺之,杂佩以问之。知子之好之,杂佩以报之。

偷得浮生半日闲
——《郑风·女曰鸡鸣》

一直比较喜欢古诗文中的闲情雅致，看清代蒋坦《秋灯琐忆》，对蒋坦与其妻秋芙的对话很是羡慕：

秋芙所种芭蕉，已叶大成荫，荫蔽帘幕；秋来风雨滴沥，枕上闻之，心与俱碎。一日，余戏题断句叶上云："是谁多事种芭蕉？早也潇潇！晚也潇潇！"

明日见叶上续书数行云："是君心绪太无聊！种了芭蕉，又怨芭蕉！"

字画柔媚，此秋芙戏笔也。然余于此，悟人正复不浅。

夫妻二人于芭蕉叶上题诗对话，为生活增添情趣，真真留下千年风雅。《诗经》中也有这美妙的场景。

　　女曰鸡鸣，士曰昧旦。子兴视夜，明星有烂。将翱将翔，弋凫与雁。

　　弋言加之，与子宜之。宜言饮酒，与子偕老。琴瑟在御，莫不静好。

　　知子之来之，杂佩以赠之。知子之顺之，杂佩以向之。知子之好之，杂佩以报之。

　　女人说，鸡叫了起床吧。男人懒得动，就说，天还没亮呢，不信你看满天星星呢。女人说，不行，你赶紧起来，宿巢的鸟雀快要飞了，你去打猎吧。丈夫听从妻子，从温暖的被窝儿钻出来，迎着晨光整装待发时，妻子却又不忍心，于是又说，你打回猎物来我一定好好做给你吃，并与你把酒举案白头到老，你弹琴我鼓瑟咱们安静和美过日子。男人一听激动了，慌忙解下身上的佩饰说，我知道你的体贴、温顺和爱恋，我把这宝贝送给你。

　　这是《诗经·郑风》中我最喜欢的一首，妻子有点唠叨，丈夫有点贪睡，应答之间，温情毕现，活色生香。翻遍整本《诗经》，"静好"这个词最美，如果可以，我愿意是《女曰鸡鸣》中的那个男子，无怨无悔。

　　我们现在的生活水平提高了，文明进步了。只是我们的心情没那么好了，没那么舒心了，少了些静好与恬淡。现代人讲究潇洒，但其实并没有古人那般自然。古人风来顺风，水来顺水，一切都是随缘而安。

　　和古代相比，现代社会有许多优越性，比如便捷的交通工具，方便的通信设备，快节奏的生活。所以，学者南帆说，现代生活似乎只剩下了一个字："快！"当"时间就是效率，时间就是金钱"这样的口号越来越响亮的时候，没有人会反省"快"到底有什么不好。乘坐几

第五章 哲学：人生大悖论，一一上心头

古人乘扁舟一叶，看天看云看山，看生活也看自己。他们行走在广阔的时空里，观察莺飞草长，欣赏土肥水美，他们把自己的心灵静静地铺在生活的土地上。

个小时的飞机，你就可以逛遍祖国大江南北，坐十分钟的缆车就可以登上泰山的南天门；用电脑打字就可以省去研习书法的麻烦；连爱情也讲求快餐，只要能获得片刻的欢愉，便可以不惜一切闪婚闪离。

在人们的错觉中，似乎这样的生活更加五光十色，比起古人来，现代人似乎多活了几辈子。

但，这也许是一个错觉。

古人乘扁舟一叶，走走停停，看天看云看山，看生活也看自己。他们行走在广阔的时空里，观察莺飞草长，欣赏土肥水美，他们把自己的心灵静静地铺在生活的土地上，细腻的感受犹如种子落地，花开无声，却深深地扎根在他们的心里。

哪里有高山、盆地，哪里有湖泊、山林，他们都知道。而现代人的旅游，只是目的地的急速转移；匆匆一瞥，脑海中留下的不是一幅饱满的山水画，而是一张绘满了旅游景点的地图。

说起来，连写作都可以区别开。以《诗经》为例，我粗算一下，《诗经》全书也不过几万字，恐怕都抵不上现在普通作家一年的"产量"。可就是在这有限的《诗经》文字中，包含的是每一场春雨过后的清晨，是每一次驿站古道的启程，是每一段重逢的喜悦与离别的酸楚。他们慢慢地丰富生活，也细细地咀嚼人生，不但记录了无限的先秦风光，还为后代提供无穷的创作滋养。而现代式写作，大多像是把文字泡在水里，让它膨胀、发酵，将贫瘠、短小、无聊的故事拉长、熨平。于是，当人们读现代的故事时，总会感到心灵的枯竭，因为蒸发了水分的文字就再也没有任何的分量。

所以，寒来暑往，春夏秋冬，多么希望我们现代人也可以偷得浮生半日闲，去看看田野阡陌上随处而发的野草野花，纯净美丽，自然脱俗，去更加接近自然的生活。相信无论观山、看海，还是爱人之间一次平常的对话，都能在我们的心里投下细腻的感受，岂不美哉？

这就是我最爱《女曰鸡鸣》的原因。我也一直希望，能换一种简单的方式遇见你，在那个简单的年代，简单地爱或不爱，简单地思念或忘却。如果可以，我愿意是《女曰鸡鸣》里那个去打猎的男子。扛着一只野兔，提着两只野鸭，挽着裤脚，撸着衣袖，额头挂着清新的露珠，身后披着明媚的阳光，大踏步归来。然后，野味浓香，琴瑟和鸣，解佩相赠，互诉衷肠。

倏忽百年，天地一片静好。

魏风·十亩之间

十亩之间兮,桑者闲闲兮,行与子还兮。
十亩之外兮,桑者泄泄兮,行与子逝兮。

赋予生活生动的刹那
——《魏风·十亩之间》

《诗经》中有一首很短的诗,即《魏风》中的一首民歌《十亩之间》:

> 十亩之间兮,桑者闲闲兮,行与子还兮。
> 十亩之外兮,桑者泄泄兮,行与子逝兮。

好一派清新恬淡的田园风光,采桑人在桑林间,轻松愉快,多么美丽的画面,羡煞后人。唐代有位叫李涉的诗人读过此诗后就决定出去走走,登登山。"终日昏昏醉梦间,忽闻春尽强登山。因过竹院逢僧话,偷得浮生半日闲。"他说自己终日奔忙,仿佛在梦中一般。那一天,登山路过竹林深处的时候,偶遇寺庙里的僧人,坐下闲聊,人家大师一

赋予生活生动的刹那——《魏风·十亩之间》

于清新恬淡的田园风光中,看山观树,瞬间获得了轻松和欢愉。偷得浮生半日闲,任凭时间流逝。

句话，让李涉那麻木的内心，瞬间获得了轻松和欢愉。偷得浮生半日闲，任凭时间流逝。这就是《题鹤林寺僧舍》表达的意思。

不过，劝阻人们惜时用功的话语可是不少。我们的大诗人陶渊明在《杂诗》中说："盛年不重来，一日难再晨。及时当勉励，岁月不待人。"盛年和清晨都是一个人最宝贵的时光，珍惜时间，不是纵情享乐、游戏人生，而是建功立业，开创属于自己的天地。我们现代人的生活节奏似乎完全承袭了分秒必争这一点，每日由清晨睁开眼睛劳作到午夜闭上眼睛，一直似高速旋转的陀螺，一如李涉"终日昏昏醉梦间"，顶着建功立业的志向，被压得没有喘息的机会。

我们现代人可曾知晓，古人的言语中从来没有反对去珍惜时间建功立业，但也在那只争朝夕的进取外，享受着丰富的生活呀。我们只承袭了古人的片面，高速旋转侵入我们的大脑，在这匆忙行走的众人间，能有几个人有时间有心情反思人生呢？机缘巧合，僧人点拨了诗人李涉，偷得浮生半日闲，谁又来指点我们现代人？

"天下熙熙，皆为利来；天下攘攘，皆为利往。"为加官晋爵，为仕途功名，为建功立业，芸芸众生以各种理由在不懈地奋斗着，珍惜了青春，却辜负了年华。惜取少年时固然是一种昂扬的状态，但于忙碌中品一杯香茶，也是人生应有的一种潇洒。

日子怎么过，快乐不快乐，都是我们自己的。纵然我们不能如古人那样在桑园里悠然闲适享受生活，但于忙碌的时光之外，稍稍止步，多一份嬉笑怒骂的乐趣，让这每一个刹那，成为我们生活生动的表情，应该是每个人盼望的吧？

十亩田间是桑园，采桑的人真悠闲，与你一同回家去。
十亩田外是桑林，采桑的人儿笑盈盈，走啊，与你一块儿回去。

邶风·式微

式微,式微,胡不归?微君之故,胡为乎中露?

式微,式微,胡不归?微君之躬,胡为乎泥中?

淳朴邻里动情处，胡不归
——《邶风·式微》

以前一直不知"式微"是什么意思，这词好像很熟悉，又好像很陌生。后来才知是《诗经》里的诗名，这首诗很短，只有几句。

> 式微，式微，胡不归？微君之故，胡为乎中露？
> 式微，式微，胡不归？微君之躬，胡为乎泥中？

首句"式微，式微，胡不归"曾出现在电影《胭脂扣》里，主角学艺时的粤语唱句，连唱的"胡不归，胡不归"给我留下极深的印象，好像歌者在痴心地呼唤：天晚了，你怎么还不归？

《邶风·式微》中的"微"在字面上有昏暗、天黑的意思。《诗经》

里也有"彼苍者天""莫黑匪乌"的句子，古人也有表示"天黑"的词语，但是为何偏偏放着"天黑"不用，而用"微"，是因为"微"说的不仅仅是一种天色，一种时间，还有更多的感情，更多的内涵。"式微，式微，胡不归？"似乎是邶国人茫然地呼唤着，呼唤着寻找自己内心深处的家园，穿越了千年的时光，依然感人肺腑。

放在今天来读，依然会感动得几近落泪，或许是因为在忙碌的世界，每个人都匆匆前行，麻木冷漠的城市生活中，早已忘了该如何来体会真情，如何回到内心深处的家园。式微，式微，胡不归？

不过我最近倒是回了趟老家，刚到家里，老李家二儿子回来的消息就像长了腿一样，四处乱飞，很快就能传遍整个村落。邻里叔伯就到我家来了。中午时分叔伯邀请我到他们家吃饭。酒席未必丰盛，村舍也并不豪华，推杯换盏间都是珍贵的乡情。衣暖，酒香，心底涌起的是最温暖的细流。

相较于如今的城市生活而言，古诗中的自然淳朴、乡下的邻里情长，不知从何时起似乎已是旷世绝响。在现代这个物化的时代，一幢幢大楼拔地而起，楼越盖越高，房子越住越大，邻里却越来越疏远，鸡犬之声相闻，老死不相往来。

尤其是随着城市化进程的加速，高楼大厦阻挡了人们的视野，没有青山绿树的陪伴，能够看到的只有不断闪烁的霓虹，还有和人心一样越来越冰冷的水泥马路。古诗中可以路遇的那种菜园、谷场，小孩子在房前屋后跑来跑去，嬉笑欢闹的乐趣，现代人恐怕没办法再体会了。一扇扇加固的防盗门，隔开了距离，也阻断了交流。很多住在同一个单元的人，对周围的邻居姓甚名谁，可能都不知道，还何谈举杯共饮。而"街坊邻居"这样的词也将随着推土机的轰鸣，被推进历史书，风干为一枚书签，作为资料被珍藏起来。

几年不回老家，回去一次感受良深。老家在河南，那里确实没有亭台楼阁的典雅，也没有奇花异草的神秘，甚至连山珍野味都没有。

但就是在这普通的农家小院里，我可以和亲戚朋友开怀畅饮，聊着下雨刮风、庄稼的收成。在绵长的光阴里，不断伸展的是邻里之间的交往，也是温馨的快乐时光，朴素异常，但就是这份朴素与不设防，显得格外动人。

中国有句俗话叫"远亲不如近邻，近邻不如对门"。住得近的邻居，常常可以彼此照顾，甚至发生危险情况的时候，能在第一时间里采取应急措施。有人说，前世的五百次回眸才能换今生的一次擦肩而过，邻里乡亲，能够谈得拢，聊得来，也应该是一种缘分吧。能够像老家乡村中的人们那样，守着人类生存最初的乡村，造访、相聚，是一种无比的幸福，也是很多人真诚的向往！

式微，式微，胡不归？你什么时候回去看看？

曹风·蜉蝣

蜉蝣之羽,衣裳楚楚。心之忧矣,于我归处?

蜉蝣之翼,采采衣服。心之忧矣,于我归息?

蜉蝣掘阅,麻衣如雪。心之忧矣,于我归说?

生命不长，但愿活得更深
——《曹风·蜉蝣》

中国的哲学思想诞生得很早，孔子老早就站在水边感叹"逝者如斯夫,不舍昼夜"，庄子以"白驹过隙"来比喻人生的短暂,《诗经》中《曹风·蜉蝣》在更早的时候就唱出了生命的荒凉：

> 蜉蝣之羽，衣裳楚楚。心之忧矣，于我归处？
> 蜉蝣之翼，采采衣服。心之忧矣，于我归息？
> 蜉蝣掘阅，麻衣如雪。心之忧矣，于我归说？

两三千年前，敏感的诗人就借助一只蜉蝣写出了脆弱的生命在死亡前的短暂美丽和面临死亡的困惑。蜉蝣是一种生命周期很短的昆虫，

生命不长，但愿活得更深——《曹风·蜉蝣》

人生有限！你有多少年华，可以歌颂流逝的青春。你有多少光阴，可以挥霍着寻找幸福。然而，只要细体身边事，爱就在云后，春暖花开。

它从幼虫在水中孵化以后，要在水中待到大概三年才能达到成熟期，然后爬到水面的草枝上，把壳脱掉成为蜉蝣，之后还要经过两次蜕皮才能展翅飞舞，之后的时间它更加忙碌，在几个小时内交配、产卵，不知疲倦，而后就要死去。

《淮南子》中记载："蚕食而不饮，二十二日而化；蝉饮而不食，三十日而蜕；蜉蝣不食不饮，三日而死。"

明朝李时珍在自己的药学巨著《本草纲目》中，更是一语抓住蜉蝣的生态特征："蜉，水虫也……朝生暮死。"

欧洲人也早就发现了蜉蝣的生命短促，他们给它起的学名"Ephemeroptera"就是短促的意思。

超越一般人的人注定要比常人多几分清醒与痛苦。《蜉蝣》的作者知道蜉蝣不久就会死去，可是他看到的蜉蝣似乎不知自己就要死去，它穿着鲜艳好看的衣服，美丽无比，俏丽动人。翅膀完全透明，身姿轻盈，宛如古代的官妓，腹部末端的两三根细长的尾丝，也如古代美女长裙下摇曳的飘带。于是他不禁发出了长叹：蜉蝣在有限的生命里还在尽情展现自己，而我们人类有着漫长的生命，却不知道要走向何方。

他忧伤地唱着这支寂寞的歌曲，这是一首诉说自己内心迷茫、对生命敬畏并且充满了忧伤的歌曲，作者想要淡然地面对生命这个严肃的话题，却又战战兢兢，无法克制内心对时光飞逝的惊恐。

> 蜉蝣的羽啊，如穿着鲜明的衣衫。我的心充满了忧伤，不知哪里是我的归处。
>
> 蜉蝣的翼啊，如穿着艳丽的衣衫。我的心充满忧伤，不知哪里是我的归息处。
>
> 蜉蝣多光彩啊，仿佛穿着如雪的麻衣。我的心充满了忧伤，不知哪里是我的归宿。

说起来人生不过百年，事实上一般都是几十年。人类在哀怜蜉蝣"朝生暮死"的同时，自己何尝不是造物主的一只"蜉蝣"呢？人作为自觉的动物，在其生存过程中意识到死亡的阴影，于是人生短暂的感觉日渐强烈。在中国的传统神话中，天上一日，人间一年，人生的百年时间，也不过天上的百日那么短。

晋朝时有个樵夫，上山砍柴时无意中进了一个洞穴，在洞中观看两位老人的一局棋。谁知道，回家后却发现自己的孙子都比自己老几十岁，时间已经在他观棋的一小会儿中流逝百年。人生漫长的光阴，不过是别人的弹指一挥。在历史的长河中，人的一生也不过一瞬而已。想这些算是悲观的思想，但这种悲观也算是对人生的一种清醒认识。

宋代大文豪苏东坡认识到这一点，就在《前赤壁赋》中发出感叹："寄蜉蝣于天地，渺沧海之一粟，哀吾生之须臾，羡长江之无穷。"战场赤壁在，滚滚东流的长江也在，而那些曾经叱咤风云的英雄消失无踪。时间是如此无情，不会对任何一个人客气，英雄人物改变的事情，对时间来说，不过是一颗细小的灰尘罢了。

时间本是身外之物，独自沉静，缓慢地流淌于世间，只是因为人们妄自慌乱，才令时间变得仓促而残酷。其实，生命本就是一场自顾自的表演，又何必去过分在意这场表演的长短呢！只要深刻精彩，任何表演都是永恒存在的。

换句话说，《蜉蝣》中的蜉蝣虽然最脆弱，生命最短暂，但也在坚定地走自己的路，等待、蜕皮、交配、产卵，完成着自己的任务，这是死亡也无法摧毁的强大意志。这也是《蜉蝣》传递出来的人生哲学。

蜉蝣有自己的逍遥生活，那么作为人，我们也应该有自己的精彩。尽管从出生的那一刻，就有一个叫"死亡"的可怕结局在另一端守候。终其一生，也不过这个结局，但是在走向这个结局的路上，还有很多精彩的东西值得我们去关注去努力。

这就是哲人说的：生与死之间的距离是固定的，我们却可把两点之间的距离用曲线走得更加精彩。如果活着只是为了赶路，从生的这边直接赶到死的那边，那么活着何异于行尸走肉？

《蜉蝣》的作者不知道自己要走向哪里，感叹了一番，光阴流逝。"流光容易把人抛，红了樱桃，绿了芭蕉。"宋词中蒋捷描绘的意境很美，但是佛家有句话说得更好："尽日寻春不见春，芒鞋踏遍陇头云。归来笑拈梅花嗅，春在枝头已十分。"

其实没有必要去嗟叹人生如蜉蝣，不管生命长短，要是人们像蜉蝣一样尽心尽力去完成生命中的每一件事，细体身边事，快乐感怀油然生。观花望死，在一瞬间离世而去，大不了下个轮回再来。

郑风·东门之墠

东门之墠,茹藘在阪。其室则迩,其人甚远。

东门之栗,有践家室。岂不尔思?子不我即!

静好岁月人自醉，写份情书寄思念
——《郑风·东门之墠》

你看，云中谁寄情书来，那一纸书笺，曾温暖过多少人的青春岁月。只是现在人们很少写情书了，它们被遗忘在古诗词中了。

> 君问归期未有期，巴山夜雨涨秋池。
> 何当共剪西窗烛，却话巴山夜雨时。

说起来，中国古代的情书的确惹人情扉。李商隐在这首《夜雨寄北》中就说："你问我什么时候才能回家，我也说不清楚。我这里巴山的夜雨已经涨满了秋池，我的愁绪和巴山夜雨一样，淅淅沥沥，凝结着我思家想你的愁绪。什么时候才能够回家，和你一起剪烛西窗？到

静好岁月人自醉，写份情书寄思念——《郑风·东门之墠》

你看，云中谁寄情书来，那一纸书笺，曾温暖过多少人的青春岁月。

如果有一天，你会归来，我也宁愿守着一片平林，翘首相待。

一七一

那个时候再和你共话这巴山夜雨的故事。"短短的四句诗，第一句回答了对方的追问，第二句写出了雨夜的景致，第三句表达了自己的期待，最后一句暗示了如今的孤单。四句话，简而有序，层层铺垫，写出了羁旅的孤单与苦闷，也勾画了未来重逢时的蓝图。一波三折，含蓄深婉地衬托了与对方隔山望水的深情。

李商隐因诗闻名，也因那些讽喻时政的诗歌而被贬官。宦海沉浮，能够有妻子同喜同忧，快乐可以加倍，愁苦可以分担，人生还有什么更多的奢求呢？正如小说《牵手》的结尾留给人们的那句话："共同岁月之于婚姻，有时候，比什么都重要。"所以，当光武帝刘秀有意把姐姐湖阳公主嫁给贤臣宋弘时，宋弘谢绝了富贵的垂青，选择坚守自己的婚姻和爱情，并留下"糟糠之妻不下堂"这句感人之言。

在宋弘、李商隐等人的眼中，那些甘苦与共、相濡以沫的经历，是人世沧桑中最可贵的东西。

在《诗经》中也有份最久远的情书——《东门之墠》：

东门之墠，茹藘在阪。其室则迩，其人甚远。
东门之栗，有践家室。岂不尔思？子不我即！

东门外面有个广场，茜草长在山坡上。两家住得近，人儿好像在远方。东门外边种着板栗树，房屋成行栗叶覆盖。怎能对你不想念？你不找我我心慌！《诗经》中经常采用以草喻女、以树比男的手法，男女互赠答唱。天不老，人未偶，咫尺天涯，只想与你频频相见，但愿长相守。这个故事没有下文，但容许我们稍微想象，一封情书投递到对方手中，只要这个人不是傻子，将会是怎样的故事？两小无猜一起长大，只待郎骑竹马来……

无独有偶，堪称世界情书典范的作家卡夫卡的情书，里尔克、帕斯捷尔纳克、茨维塔耶娃的《三诗人书简》，中国现代情书史上的佳作沈从文与张兆和的《沈从文家书》、王小波与李银河的《爱你就像爱生命》等，也是对双方同甘共苦岁月的某种追忆和珍惜。虽然可能是个人风格的原因，读来有不一样的时代特色，但传达出来的是同样的真情，苦乐与共，与子偕老。

你的名字是漫长的国境线

一九二七年春，帕斯捷尔纳克致茨维塔耶娃

我们多么草率地成为了孤儿。玛琳娜，
这是我最后一次呼唤你的名字。
大雪落在
我锈迹斑斑的气管和肺叶上，
说吧：今夜，我的嗓音是一列被截停的火车，
你的名字是俄罗斯漫长的国境线。

我想象我们的相遇，在一场隆重的死亡背面
（玫瑰的矛盾贯穿了他硕大的心）；
在一九二七年春夜，我们在国境线相遇，
因此错过了
这个呼啸着奔向终点的世界。
而今夜，你是舞曲，世界是错误。

当新年的钟声敲响的时候，百合花盛放
——他以他的死宣告了世纪的终结，
而不是我们尴尬的生存。
为什么我要对你们沉默？
当华尔兹舞曲奏起的时候，我在谢幕。

因为今夜，你是旋转，我是迷失。

当你转换舞伴的时候，我将在世界的留言册上
抹去我的名字。
玛琳娜，国境线的舞会
停止，大雪落向我们各自孤单的命运。
我歌唱了这寒冷的春天，我歌唱了我们的废墟
……然后我又将沉默不语。

帕斯捷尔纳克、茨维塔耶娃是苏联两位伟大的诗人，两人与里尔克的三角关系为世人留下了一首首优美的情诗，但茨维塔耶娃终生都未与她爱恋着的里尔克见面，无疑她一生都在为身体上和精神上的爱情痴狂。帕斯捷尔纳克也有着旷古的爱情故事并以恋人为原型创造了《日瓦戈医生》里的经典人物。"我爱十字架，爱绸缎也爱头盔"的茨维塔耶娃与这首诗一起成为爱情的经典代表。中西相通，这爱情的信物是两个人最美好的回忆。"空床卧听南窗雨，谁复挑灯夜补衣！"活在世上没有真正的万事如意，若是万事得到妻子的理解与陪伴，那实在是一种难得的精神安慰。明晓了这层含义，便不难理解前人的情书了，也不难理解我们现代人为何总是缺乏婚姻幸福感了。

你给爱人写过情书吗？你有多久没写情书了？你准备写份情书吗？我就在写一份。回忆一下共同的岁月，那无数个平淡如水的日子，虽然没有咖啡的浓烈、可乐的刺激，但岁月静好、淳朴美丽。

第六章
故事：流年里，沉淀风情

卫风·硕人

硕人其颀,衣锦褧衣。齐侯之子,卫侯之妻。东宫之妹,邢侯之姨,谭公维私。

手如柔荑,肤如凝脂。领如蝤蛴,齿如瓠犀。螓首蛾眉,巧笑倩兮,美目盼兮。

硕人敖敖,说于农郊。四牡有骄,朱幩镳镳,翟茀以朝。大夫夙退,无使君劳。

河水洋洋,北流活活。施罛濊濊,鳣鲔发发,葭菼揭揭。庶姜孽孽,庶士有朅。

倾城仙姿颜如玉
——《卫风·硕人》

西施浣纱，鱼儿惊其艳丽，跌落池底。

昭君抚琴，飞雁感于曲调幽怨，掉落在地。

貂蝉拜月，顿时明月无光，彩云遮月，仿若不忍露面似的。

玉环赏花，轻抚花瓣，哭诉身世，岂料花朵收敛美艳，枝叶垂下。

后人形容这四人的美貌为"沉鱼落雁，闭月羞花"，但凡论起古代美女，总是要唯她们四人马首是瞻。然而在那悠悠的上古和风之中，还有一位女子，风蹁跹其裙脚，水拂过其脚背，她的美犹如雕琢的玉石，剔透玲珑，记录于文字中。

硕人其颀，衣锦褧衣。齐侯之子，卫侯之妻。东宫之妹，邢侯之姨，谭公维私。

手如柔荑，肤如凝脂。领如蝤蛴，齿如瓠犀。螓首蛾眉，巧笑倩兮，美目盼兮。

硕人敖敖，说于农郊。四牡有骄，朱幩镳镳，翟茀以朝。大夫夙退，无使君劳。

河水洋洋，北流活活。施罛濊濊，鱣鲔发发，葭菼揭揭。庶姜孽孽，庶士有朅。

诗中所赞女子便是庄姜。这首《卫风·硕人》并没有具体地提到庄姜的容貌身段，对她的描述宽泛笼统得犹如河面上氤氲升腾而起的雾气。在诗歌的一开始，这位女子便拥有如同女神一般完美修长的身躯，身着锦衣嫁去了他乡。

庄姜和齐国太子一母同胞，是邢侯的小姨子，也是谭公的小姨子，这样尊贵的身份，庄姜自然是养尊处优，所以她双手白嫩、皮肤细滑也在情理之中。少了农家女子的劳作和辛苦，庄姜自然懂得修饰自己，保持令男人一见倾心的容颜。

庄姜的出嫁是隆重的，她的马车停在城郊，她的马匹雄壮有力。不但如此，随从人员也是英武高大，所带嫁妆同样华美奢侈，那稠密的芦苇挺拔而坚固，那滚滚的黄河水奔流不息。这等的美人，怎么能让她多等待，君主应当及早下朝，前来迎接。

这些灵气十足的诗句像一朵朵永不凋谢的百合，穿越几千年依然静静绽放，散发着弥人的清香。庄姜的"手如柔荑，肤如凝脂。领如蝤蛴，齿如瓠犀。螓首蛾眉，巧笑倩兮，美目盼兮"还有谁的美能比得上？有人说曹植的《洛神赋》中的宓妃能与之比美，可读起来怎么都觉得那是庄姜的影子。如此一来，可以说庄姜是个千古标准美女，她也配得上这个称号。

"硕人其颀，衣锦褧衣。""硕人"就是美人的意思，它的原义是高

第六章 故事:流年里,沉淀风情

杨柳低垂,桃红点点,女子整理晨妆。巧笑倩兮,美目盼兮。其光鲜娇媚的姿容在柳枝的衬托下,显得清丽脱俗而动人。

大白胖的人，由此可以想见几千年前的春秋时代，人们喜欢一种健康美，把高大丰满、皮肤白皙作为评价美人的标准。

而与此同时代，古希腊当时流传下来的女神雕像，无一不是高大丰腴，有着修长的双腿。可见无论东方还是西方，早先的时候，都是这种高大丰硕型的美女比较吃香。究其原因，应该是那时候人们受自然条件的限制，人类寿命短，高大健硕代表着健康长寿，所以，成为人们的追求，也成为美的基本标准。

至于"白为美"的这种观念，千百年来一直被我们承认、追求，明末清初著名戏曲家李渔在《闲情偶寄·声容部》中就说："……妇人本质，惟白最难。多受精血而成胎者，其人生出必白……"李敖在阐述女子美的五个字中就有一个"白"字。可见，"白"是中国千年一贯的审美观。作为齐国的公主，《硕人》中的庄姜的美符合高大丰满、皮肤白皙的标准，出身贵族、吃喝好，自然长得高大；她不用去室外劳动，从来不经风吹日晒，自然白皙。如此说来，这在当时也是一种贵族的美。

贵族一般喜欢选择门当户对的婚姻，想让自己的女儿将来过得好，过得幸福。中国自古都有这一风俗，至今还流行着。作为齐国的统治者，庄姜的父亲齐侯就给她定了门好亲事，让她嫁给卫国的卫庄公，依然可以过荣华富贵的生活。

高贵的身份决定出嫁的排场，一国之君的爱女出嫁，肯定是一国最高规格的排场，《硕人》中的豪华场景就出现了：四匹雄健的宝马拉着装饰高级的车子驶往朝堂，连马嚼子上都系着挂金的红绸，到处喜气洋洋，一路敲锣打鼓，陪同的女侍男倭都是从全国各地挑选出来的帅哥美女，汇聚成一条庞大的送亲长龙……

庄姜不但出身高贵，还有着惊人的才华，这在先秦时是难得的。她也是少数以诗歌留名的女子之一，著有《燕燕》《终风》《柏舟》《绿衣》《日月》等，被收录到《诗经》之中。美女与才女说起来虽然只有一字之差，实质差别却是很远，而她却同时拥有了。

不过自古红颜多薄命，历来有才有貌的女子后半辈子的生活都过得并不好，几分落寞几多忧愁。宋代大词人李清照就是代表，前半生幸福美满，后半生带着对夫君赵明诚的记忆与遗物颠沛流离，没有归宿。

有人说上天是公平的，在给一个人幸福的同时也给了其不幸，尤其是对才色双全的女子。庄姜也没有摆脱这个怪圈。庄姜嫁到卫国之后就因为不能生孩子被卫庄公冷落，卫庄公撇下她一个人在冷宫之中不管不问，这和当时迎娶时的风光截然不同。当时的豪华阵容只能博得更多人的羡慕，哪会想到这场奢华的婚礼之后就是无比凄凉的命运。

虽依然高贵，但生活并不因其高贵的身份就有了一切。似乎上天真是给她开了一个玩笑，把她所拥有的统统收回。

命运的安排如此，当繁华过后，庄姜坚强地以写诗来慰藉自己，度过以后的许多岁月。不知这时候她有没有后悔生在贵族家，或者如果时间可以倒流，可以让她再做一次选择，她会不会选择远嫁到卫国？古人一般很难掌控自己的命运，特别是对古代的女子而言，没有选择命运的余地，时间也不会倒流。她已经走进了历史之中，承受了自己的命运。

在先秦那个时代，女人想要在书里留名是件困难的事情，庄姜以才色双绝走进了《诗经》，成为歌咏美人文学作品的千古之祖，让后世无数人研究玩味。每当提起她的时候，这个高大丰满、皮肤白皙的美人已经带着她的倾城仙姿与悲情故事站在字里行间，站在我们面前。

齐风·南山

南山崔崔,雄狐绥绥。鲁道有荡,齐子由归。既曰归止,曷又怀止?

葛屦五两,冠緌双止。鲁道有荡,齐子庸止。既曰庸止,曷又从止?

蓺麻如之何?衡从其亩。取妻如之何?必告父母。既曰告止,曷又鞠止?

析薪如之何?匪斧不克。取妻如之何?匪媒不得。既曰得止,曷又极止?

第六章 故事：流年里，沉淀风情

情杀"鸿门宴"：一段残缺不全的折子戏
——《齐风·南山》

一般来说，诗歌要是写的是一段历史，就很难说清楚历史的真相，《诗经》中关于姜家姐妹的真相可以从诗歌中窥探一二，但不是全部。我们权且将其当作舞台好戏来看，热热闹闹，有多少人在这同一个舞台上，你方唱罢我登场，上演着爱恨情仇的故事。

回到历史的现场，齐国僖公有两个如花似玉的女儿宣姜、文姜，姿容绝代，艳冠天下，是各国诸侯、世子追慕的对象。大女儿宣姜已到适嫁的年龄，齐僖公一番挑选，决定将她嫁给卫国卫灵公的儿子。谁知半道被她的公公卫灵公抢亲了，因为这个儿媳太漂亮了。经过宣姜的事的一闹，再通过口口相传，尚且待字闺中的文姜更是扬名四海，惹得人人瞩目，提亲者众多。

这一次齐僖公让文姜自己选择，最初她看中的只有郑国的太子郑忽，婚期在即，本该是一段郎才女貌的佳话，却没料到成为了令当时的霸主齐僖公无法抬头的笑料，并酿成了一件先于项羽"鸿门宴"的宴席杀人事件。

当时齐国正强盛，众多来提亲的诸侯太子一半是为了文姜的美丽，一半是为了齐国的势力。文姜选中郑忽，这对郑国和郑忽来说都是绝佳之事，郑国人为此还做了一首诗歌称赞此事：

有女同车，颜如舜华。将翱将翔，佩玉琼琚。彼美孟姜，洵美且都。

有女同行，颜如舜英。将翱将翔，佩玉将将。彼美孟姜，德音不忘。

在《郑风·有女同车》中，一位贵公子夸赞意中人的品德容貌。在他眼中，意中人的一切都是最好的，不管再遇见多美丽的女子，他都永不会忘记意中人的品德和音貌。

这位贵公子指的无疑就是郑忽，不过这只是郑国人一厢情愿的想法罢了，郑忽不久后就以"人各有耦，齐大，非吾耦也"（《左传》）为由单方面解除了婚约。

齐大，非偶？齐国太强大了，不适合自己？是郑忽傻了吗？当然这只是托词，帅哥郑忽，打探到文姜与她自己的兄长诸儿有染。一个不爱美人的郎君，其实和我们的女主角已经没有什么关系，有关系的是他打探出来的八卦消息迅速传播。

这应该是事实，一国在另外一国设置密探不是什么新鲜事，可以说是立国之本了。齐国原本是建立在东夷之地上的国家，从首任国君姜子牙开始，就接受了东夷人的很多习俗，性解放便是其中的一种，齐国人在性方面大胆而直接，从不遮掩。兄妹情发展成了儿女私情在

情杀"鸿门宴"：一段残缺不全的折子戏——《齐风·南山》

第六章 故事：流年里，沉淀风情

花朵插进斜阳里的花瓶，胡琴咿咿呀呀又响起，大戏开启。你穿上凤冠霞帔，他将眉目掩去。谁是谁非，风月风云，历史沉默不语，一如那盛开的瓶中之花。

先秦时期也很正常。

文姜自小自负貌美，怎么也想不到会被男人抛弃。父亲齐僖公为了遮家丑也就匆匆将其嫁给鲁桓公了。

作为父亲，齐僖公对这两个给自己丢脸的女儿又恨又恼。自己堂堂霸主，大女儿被一个老头子骗娶，小女儿又因和兄长搞私情被人悔婚，自己的脸面往哪儿搁。于是他拒绝两个女儿的归省。其实也是生怕诸儿、文姜再续前缘，给自己丢人现眼。文姜十五年不得归国，请将过去"格式化"，请将美好"另存为"，也只得安心做她的国君夫人。她为鲁桓公生下了两个儿子：姬同与姬季友。鲁桓公十四年，文姜的父亲齐僖公归西，诸儿当上了齐国的国君，就是齐襄公。文姜就以往齐国贺喜为借口，取得鲁桓公同意，回到阔别十八年的故乡，看望兄长。

一直对文姜念念不忘的齐襄公听说她要回来，大喜过望，亲自到郊野三十里外迎接。此时齐襄公满身成熟气息，而三十来岁的文姜更如盛开的桃花，吸引得齐襄公心荡神驰，差一点儿在妹夫鲁桓公面前做出失礼的举动。

记忆被风沙吹散在这座看似永远不变的城，一点点地回来，当年那些在一起的画面，彼此相爱缠绵的画面，全都回来。

当晚，两人就迫不及待做了他们十八年没有做过的事情。当然，齐襄公找了很多借口，比如说后宫的妃嫔们想与小姑见面等等，让鲁桓公一个人住在驿馆里，冷衾孤枕，而等他再见到妻子文姜时，受不了她的春风满面，醉眼淫荡，怒从心起，狠狠地掴了她一巴掌，又说了几句狠话，大概就是：你以为我不知道你们兄妹的奸情吗？看我回去怎么收拾你！并吩咐随从即日启程回国，不再做一刻停留。

文姜挨打是轻，但听到回去收拾自己自然大惊，连忙让人给齐襄公说了。齐襄公脑袋一热，顿起杀机，你已归来，我必与你同在。他的借口信手拈来——设宴相送。在别人的地盘上，鲁桓公无奈，只得前来，在这场"鸿门宴"上，鲁桓公被齐国群臣灌得酩酊大醉。自然，

情杀"鸿门宴"：一段残缺不全的折子戏——《齐风·南山》

宴席一散，齐襄公安排的一个叫彭生的人就对鲁桓公下手了。

一国国君杀死另外一国国君，在当时绝无仅有。齐国对外宣称是鲁桓公饮酒过度暴病。消息传来，鲁国悲痛，明知是被奸夫淫妇所害，但是鲁弱齐强，倘若贸然出兵，犹如以卵击石。万般无奈，只好先行扶立太子姬同继位，此即鲁庄公。然后前往齐国迎回桓公的灵柩，并要求追查国君死亡的原因，要求齐国给一个交代。

追查的结果自然是彭生做了替罪羊。自古就是被利用之人出力不落好，出了什么问题屎盆子都会扣在他头上。彭生悔恨交加，临死关头，当着齐襄公、鲁国使者的面大骂襄公兄妹乱伦，害死鲁桓公，并发誓死后将变成厉鬼，向齐襄公索命。事情很快就传遍了齐都临淄，并继续往外传扬，很快整个天下就都知道了。

传扬归传扬，姜氏兄妹好像并不在乎这些，等料理完鲁桓公的丧事之后，文姜仍然住在齐都临淄不回鲁国，而且夫君新丧，也不含泪守丧，依然服饰光鲜，与齐襄公共享良宵。我们已过了半个青春，哪还有那么多沧桑去等待，赶紧拥抱、同车招摇。这些都被当时的诗人记录了下来，比如《齐风·南山》。

南山崔崔，雄狐绥绥。鲁道有荡，齐子由归。既曰归止，曷又怀止？

葛屦五两，冠緌双止。鲁道有荡，齐子庸止。既曰庸止，曷又从止？

蓺麻如之何？衡从其亩。取妻如之何？必告父母。既曰告止，曷又鞠止？

析薪如之何？匪斧不克。取妻如之何？匪媒不得。既曰得止，曷又极止？

诗中说鲁国的道路如此平坦，齐国的文姜就是从这里出嫁的，既然她已经嫁了，你为什么还想要她回来？既然已经嫁给了鲁君，可为什么还要和别人上床？而且还是明媒正娶的，为什么会坏到这种地步？《齐风》中的诗歌都是采集于齐地的民间歌谣，都是人民心声的真实反映，《南山》这歌谣就不像《郑风》中《有女同车》赞扬了，而是讽刺淫夫荡妇的大众心声，他们逆天乱伦，自行苟且，实属无耻。

《南山》似人们茶余饭后的闲谈笑料，带着一点市井民生的野趣味道，先人和我们现代人一样八卦。多少年来，有关文姜的这一段奇情艳遇，后世文人也多在辞藻间婉转演绎，文人因为多是进入编制内部供职，一旦站在人民的对立面，就会作出各种直接露骨的批判，就认为秩序比爱重要什么的，失去诗歌原有的味道，都没有这首诗歌天真大方，透露出无惧无畏的气息。

《齐风》中还有一首《载驱》也表达着齐国人民对二人的不齿。

> 载驱薄薄，簟茀朱鞹。鲁道有荡，齐子发夕。
> 四骊济济，垂辔沵沵。鲁道有荡，齐子岂弟。
> 汶水汤汤，行人彭彭。鲁道有荡，齐子翱翔。
> 汶水滔滔，行人儦儦。鲁道有荡，齐子游敖。

簟，方纹竹席；茀，车帘；鞹，光滑的皮革，用漆上红色的兽皮蒙在车厢前面，是周代诸侯所用的车饰，可以看出他们乘坐着高档次的车。四匹雄壮的黑骏马拉着轻车，装饰豪华，文姜与齐襄公在车中欢乐，路上的人看不到，二人也以为过路人也看不到他们，只顾在车中寻欢作乐，乘着车四处游玩。殊不知，全天下人都知道他们的行为，对他们的讽刺早已经满天飞了。

文姜能坚持住在齐都临淄，就是对那些讽刺的不在乎，她的婚姻则一波三折，引出谋杀国君的事件，引出那样人所不齿的乱伦秽行，轰动了全天下。甩一甩水袖风生水起，她那婀娜多姿的身影款款舞动，

《诗经》中留下了许多关于她的篇章，毁誉参半，她的荒唐事也足令人深思。

这一出残缺不全的折子戏还在继续。

齐风·猗嗟

猗嗟昌兮，颀而长兮。抑若扬兮，美目扬兮。巧趋跄兮，射则臧兮。

猗嗟名兮，美目清兮。仪既成兮，终日射侯。不出正兮，展我甥兮。

猗嗟娈兮，清扬婉兮。舞则选兮，射则贯兮。四矢反兮，以御乱兮。

第六章 故事：流年里，沉淀风情

多少红尘深景，几许丑闻，
几多忧恨
——《齐风·猗嗟》

齐襄公杀死鲁桓公，造成中国历史上空前绝后的事件，这事还没有完。故事中的人穿上凤冠霞帔，将眉目掩去，大红的幔布扯开了。

正当文姜、齐襄公兄妹两人在齐都临淄如胶似漆缠绵的时候，那边鲁庄公吃不消各方非议，派遣使者来接母亲回鲁国去为父亲守寡。于礼法上，文姜新丧夫君，儿子嗣位，理应回国照顾一切。文姜拗不过公理，只得恋恋不舍地登上马车。但是心中实在舍不下齐襄公，很有些后世唐代诗人王维送别的意味："山中相送罢，日暮掩柴扉。春草明年绿，王孙归不归？"（《山中送别》）王维的送别，是人家刚走就问你还回来不回来了，而文姜还没走就说好了回来的日期。当辘辘的车轮行驶到齐鲁之间的禚地时，文姜就有了新主意，命令停车不进，对鲁国的大臣说："这个地方不属于齐国也不属于鲁国，正是我的家呀。"

鲁庄公只好派人在禚地建造宫殿，让母亲在此居住。身为人子，也只能如此。齐襄公听说文姜滞留禚地，心领神会，也在禚地附近建了一座离宫。两处美轮美奂的宫室遥遥相对。此后，齐襄公频频"行猎"，目的地当然都是禚地了。史书上记载的次数很多，他们的相欢一次比一次光明正大，《左传》在记载这些时毫不客气地批了一句："奸也。"

虽然二人频繁相会，但齐襄公后宫没有正妻，为了中和与妹妹的风流韵事带来的非议问题，他决定向周王室请婚，求娶当时周庄王的妹妹。周王室尽管衰微，但是规则还是有很多要坚持的，礼制上规定，王室的婚嫁要由同姓公侯来主持。四处搜寻，这项任务就落在了同为姬姓的鲁庄公头上。

鲁庄公会为他主持吗？他的身份很是特殊：齐襄公是自己的舅舅，也是母亲的奸夫，同时还是自己的杀父仇人，这使得自己在婚礼上很是尴尬，别人会怎么看待自己？但母亲坚持让他主持，鲁庄公一时成为诸侯之间的笑料。

笑就笑呗！自古文人乱史外加意淫，你们哪知道政治家的手腕和思想。我能够这样做当然是有过站在国君高度上的考虑的。此后不久，鲁庄公得到了好处。就是齐襄公邀请他一起去讨伐卫国，打赢之后，齐襄公把战利品全部送给了鲁庄公。这是拉拢措施，鲁庄公年少不知，顿时觉得舅舅待自己这么好，就把杀父之仇、母亲通奸给自己带来的困惑全抛到了脑后。

对此，鲁国人还没有说什么，齐国人就对他们的国甥看不过去了，写了首民歌《齐风·猗嗟》来讽刺鲁庄公。

> 猗嗟昌兮，颀而长兮。抑若扬兮，美目扬兮。巧趋跄兮，射则臧兮。
>
> 猗嗟名兮，美目清兮。仪既成兮，终日射侯。不出正兮，展

多少红尘深景，几许丑闻，几多忧恨——《齐风·猗嗟》

我甥兮。

猗嗟娈兮，清扬婉兮。舞则选兮，射则贯兮。四矢反兮，以御乱兮。

诗文开篇就毫不掩饰地赞叹起来：生来就美貌啊！身材高挑又修长，额角宽阔又有型，美目张开向人瞟，那舞步真是妙啊！爱美之心人皆有之，仅几句话，便把一个射猎高手给描摹得让人爱慕顿生、无限向往。好一个艺高貌美的年轻君主，齐人感叹地说："真不愧是我国的外甥啊！"

全是对鲁庄公的赞美。

齐国人的称赞是颇可玩味的。几乎全天下都知道鲁庄公母亲与舅舅的那点奸情，父亲在齐国被谋杀。父亲死后，他年少即位，没有报仇，也没有能阻止奸夫淫妇的继续交往，还跑去为奸夫主持婚礼，惹人嘲笑。读读诗中的话就知道是嘲讽，鲁庄公虽然英俊貌美，威仪有加，并且擅长射箭，却不能端正家庭，反而和杀父仇人相善。哪里谈得上治国安邦！对于这样一个国君，齐人还要赞美他？难怪《毛诗序》说《猗嗟》是以美为刺了。《毛诗序》受时代局限有时候是掩盖了一些，但在这一点上，说得还是不错的。

《诗经》中还有一首《齐风·敝笱》：

敝笱在梁，其鱼鲂鳏。齐子归止，其从如云。
敝笱在梁，其鱼鲂鱮。齐子归止，其从如雨。
敝笱在梁，其鱼唯唯。齐子归止，其从如水。

笱，竹制的鱼篓；敝笱，破鱼篓，这里比喻文姜。全诗说鲁庄公母亲文姜回娘家的情景，翻译一下就是：破篓拦在鱼梁上，鳊鱼鳏鱼心不惊。齐国文姜回娘家，随从人员多如云。破篓拦在鱼梁上，鳊鱼鲢鱼心不虚。齐国文姜回娘家，随从人员多如雨。破簺拦在鱼梁上，鱼儿来往不惴惴。齐国文姜回娘家，随从人员多如水。诗中的"如云""如雨""如水"，写文姜的风光无限，讽刺着儿子鲁庄公的软弱无能。

就这样齐襄公与文姜又疯狂爱了几年，两人经常四处游玩嬉戏，有时候常年不归，国政自然好不到哪儿去，而危机就必然在潜伏中激化。大夫鲍叔牙跟随公子姜小白出奔到莒国去了，管仲也跟着公子姜纠跑到鲁国去了。

不久，齐襄公被大夫连称和管至父所杀，公子姜无知被立为国君。其实两个人杀他也不是因为和他有什么深仇大恨。起因于两人奉命驻守在边疆，两人被派出去时问了下外出戍守多久，齐襄公当时正吃西瓜，随口说了句"明年瓜熟时候吧"。到了第二年瓜熟时，齐襄公正与文姜在外游玩没有回来，也根本忘了戍边将士的换防约定。恰好这个时候齐国边境有不少动乱势力。连称与管至父两位大夫想着：该换防了怎么不换？要是出了问题算是自己的还是下一届守将的？为了不担当这个责任，他们就私自回齐都临淄了。

但是私自撤防这种军国大事，可不是说撤防就撤防的，要是齐襄公追究下来，肯定是自己的罪过，可是现在已经回来了，齐国大环境也是大家离心离德，索性一不做二不休，把漫游归来身心俱疲的齐襄公杀掉。齐襄公整天与文姜欢乐，哪有还手之力，于是被杀死。文姜有没有伤心，史书中没记载，不知道。只是，后来，是啊，关于爱情的事几乎都是提不得后来。

齐襄公死后的历史很明了，鲍叔牙拥戴的公子姜小白与管仲拥戴的公子姜纠，经过一番激烈的斗争，最终小白获胜，他没有记仇，反而任用管仲为相，春秋的第一个霸主齐桓公诞生。

而这时的鲁庄公自然还是鲁庄公，年长了不少，不过政绩上并没有什么建树。值得庆幸的是，母亲文姜在禚地待不下去了，自然回到鲁国，之后也一改往昔的做派，成为儿子鲁庄公的助手，一心一意地

> 多少红尘深景，几许丑闻，几多忧恨——《齐风·猗嗟》

帮儿子鲁庄公处理国政。她手腕灵活，心思细密，帮助儿子处理了不少国家事务，在她之前不曾涉足的领域，声名鹊起，最值得一说的是还在长勺挫败了齐桓公的进攻！大千世界，许多不切实际或者实际的事发生了，又消失了，这都是常态。

在春秋这个五彩缤纷的时代里，姜家姐妹上演了一出出爱恨情仇的故事，其实也是最好看的，摒除一开始知道带来的讶异，我们也许会一点点地来认同，这个世界这么大，很多感情，真的只能是冷暖自知。

脱下凤冠霞帔，将油彩擦去，大红的幔布闭上了这出折子戏。随着时间的流逝，齐国雄大无比，几乎所有的人都忙着歌颂齐桓公的霸业，齐襄公与文姜的那些风流往事、鲁庄公的那些丢人现眼之事，渐渐地被历史遗忘，只是长存在《诗经》中被后人翻过来倒过去地研读，真真假假，自己睁大眼睛辨认。

邶风·泉水

毖彼泉水,亦流于淇。有怀于卫,靡日不思。娈彼诸姬,聊与之谋。

出宿于泲,饮饯于祢。女子有行,远父母兄弟。问我诸姑,遂及伯姊。

出宿于干,饮饯于言。载脂载舝,还车言迈。遄臻于卫,不瑕有害。

我思肥泉,兹之永叹。思须与漕,我心悠悠。驾言出游,以写我忧。

第六章 故事：流年里，沉淀风情

淇水旁的女诗人，强似男人
——《邶风·泉水》

> 籊籊竹竿，以钓于淇。岂不尔思？远莫致之。
> 泉源在左，淇水在右。女子有行，远兄弟父母。
> 淇水在右，泉源在左。巧笑之瑳，佩玉之傩。
> 淇水滺滺，桧楫松舟。驾言出游，以写我忧。

这是中国第一位爱国女诗人许穆夫人写的诗歌《竹竿》。许穆夫人曾有过美好的少女时代，这些往昔故事都是甜蜜的回忆，在淇水岸边用长长的钓竿垂钓，那汩汩的泉水和欢快流淌的淇水都是她的伙伴。只是女大当婚，在她成为明眸皓齿的姑娘时，也必须身佩环佩，坐着小舟顺流而下，飘向那遥远的地方嫁为人妇，纵使再思念家人，遥远

淇水旁的女诗人，强似男人——《邶风·泉水》

泉源在左，淇水在右。在淇水岸边用长长的钓竿垂钓，那汩汩的泉水和欢快流淌的淇水都是她的伙伴。只有少年的时光才能雕刻出这样欢乐的情怀。走遍万水千山，这里曾经最美。

的路程也令其无法归家。只能独在异乡为异客，黯然品尝孤独的滋味。

用那些点点滴滴的美好往事，来抚慰内心的忧伤，不愧为第一女诗人。不过，她让后人记住不是因为诗歌，而是因为她的爱国事迹。

许穆夫人是卫公子顽和宣姜的小女儿（按照《左传》的记载，许穆夫人是公子顽的女儿；而按照刘向《列女传》的记载，她则是卫懿公的女儿），就是卫国君主卫戴公的妹妹。那时候，诸侯林立的趋势已经呈现，而卫国只是一个中等的国家，必然有着亡国的危机，许穆夫人在少女时代耳濡目染就意识到这些问题，同时为国家的安危而担忧。

渐渐长大，许穆夫人继承母亲宣姜的基因，长得貌美多姿，也就有许多诸侯国前来说媒求婚。当时的情况是诸侯国之间的通婚联姻只是一种政治行为——亲善和结盟。在许国重礼的打动下，父亲决定把她嫁给许国的国君。

可是许穆夫人有自己的想法，《列女传》这样记载许穆夫人给父亲卫懿公的话："古者诸侯之有女子也，所以苞苴玩弄，系援于大国也。言今者许小而远，齐大而近。若今之世，强者为雄。如使边境有寇戎之事，维是四方之故，赴告大国，妾在，不犹愈乎！今舍近而就远，离大而附小，一旦有车驰之难，孰可与虑社稷？"意思就是说，齐国是一个大国强国，而且离卫国又近，联姻以后，卫国有了事情，支援很方便。

许穆夫人根本就没有考虑自己的个人生活，她要嫁到齐国去，只是考虑到卫国的安危。但是卫懿公可能是对齐国有成见吧，坚持将她嫁到许国，作为许国许穆公的夫人，后世也就称她为许穆夫人。

许穆夫人还是有远见的，她的父亲卫懿公当国王实在不及格，每日沉醉于声色犬马之中，天天和鹤待在一起，还给它们分封官职，完全不顾国家的军政大事。

卫国在卫懿公的治理下，国力日下。在弱肉强食的社会中，北方的少数民族一看有机可乘，就在公元前660年，发动了对卫国的入侵。卫懿公这才慌了，调动军队，征调民众，可是军民早已经和他离心离德了，狄兵攻入，卫国灭亡。卫懿公也死于乱军之中，难民渡过黄河，逃到南岸的漕邑。

许穆夫人闻此噩耗，请求丈夫许穆公去帮帮忙，但是许穆公胆小如鼠，怕引火烧身，不敢出一兵一卒。许穆夫人没有办法，只得携带自己随嫁过来的几位姬姓姑娘，亲自赶赴漕邑，想为国家做一些力所能及的事情。她到那里之后就与逃到那里的卫国官员和刚被拥立的自己的哥哥戴公相见，紧接着就商议复国的计策。招来百姓整军习武，还建议向强大的齐国求救。

但是随后赶来的众多许国大臣对许穆夫人颇有微词，不是抱怨她考虑不慎，就是嘲笑她徒劳无益。许穆夫人面对他们的无礼行为，怒不可遏，她胸中燃烧着火一样的焦灼，夹杂着火一样的愤怒。她写了后来闻名于世的《鄘风·载驰》来表示自己的决心，同时训斥这些大臣。

> 载驰载驱，归唁卫侯。驱马悠悠，言至于漕。大夫跋涉，我心则忧。
>
> 既不我嘉，不能旋反。视尔不臧，我思不远。既不我嘉，不能旋济。视尔不臧，我思不閟。
>
> 陟彼阿丘，言采其蝱。女子善怀，亦各有行。许人尤之，众稚且狂。
>
> 我行其野，芃芃其麦。控于大邦，谁因谁极。大夫君子，无我有尤。百尔所思，不如我所之。

许穆夫人对他们说，即使你们都说我不好，说我回到卫国是不对的，也不能让我改变初衷；我的思国之心是禁锢不住的，比起你们那些不高明的主张，我的眼光要远大得多！你们考虑千百回的计策，也不如我回一次家乡有用。她这种临危不惧的表现令那一帮男人汗颜。

紧接着她用自己的慧智仁心去换齐桓公的浩浩肝胆。许穆夫人求来了齐国的帮助,齐桓公派兵戍漕邑,又派出自己的儿子无亏率兵三千、战车三百辆前往助战,一举打退了北方少数民族的势力,收复了失地。两年后,卫国在楚丘重建都城,恢复了它在诸侯国中的地位,以后又延续了四百多年的历史。

自然,这一切和许穆夫人的奔走号召有关,许穆夫人的爱国主义事迹也得以流传。《诗经》中能读到的有三篇是她的作品,除了《竹竿》《载驰》外,还有一首收入《邶风》的《泉水》。《泉水》写她的思乡,她对家园的依恋。

毖彼泉水,亦流于淇。有怀于卫,靡日不思。娈彼诸姬,聊与之谋。

出宿于泲,饮饯于祢。女子有行,远父母兄弟。问我诸姑,遂及伯姊。

出宿于干,饮饯于言。载脂载舝,还车言迈。遄臻于卫,不瑕有害。

我思肥泉,兹之永叹。思须与漕,我心悠悠。驾言出游,以写我忧。

家园感可以说是人类心灵中最为持久和强烈的冲动的来源,许穆夫人这位游子的字里行间,是对卫国的怀念,对故国的炙热的感情。

远嫁他乡的女子,只能借着出游的机会来排遣忧伤,就好像竭力救国的许穆夫人,但求速速到达家乡,才能一解她内心的惆怅。有关许穆夫人,历史留下得不多,除了这三首诗歌外,历史上关于许穆夫人的记载很少,后人难以得知她更多的事迹,也难以领略她更多的风采。但她的聪明、坚强、美貌、坚毅都表现得淋漓尽致,不愧为青史留名的第一位爱国女诗人。

图书在版编目（CIP）数据

最美不过诗经 / 李颜垒著. — 郑州：中州古籍出版社，2015.9（2018.1重印）
ISBN 978-7-5348-5309-8

Ⅰ.①最… Ⅱ.①李… Ⅲ.①《诗经》-诗歌欣赏 Ⅳ.①I207.222

中国版本图书馆CIP数据核字（2015）第091951号

最美不过诗经

丛书策划　马　达　李郁落
责任编辑　梁瑞霞
责任校对　李接力
装帧设计　曾晶晶

出　版　中州古籍出版社
　　　　　地址：河南省郑州市经五路66号
　　　　　邮编：450002
　　　　　电话：0371-65788693
经　销　新华书店
印　刷　河南大美印刷有限公司
版　次　2015年9月第1版
印　次　2018年1月第4次印刷
开　本　640毫米×960毫米　1/16
印　张　13.5印张
字　数　200千字
定　价　22.00元